青：陪安东尼度过漫长岁月 V

a journey, through time, with Anthony

安东尼 著

2016—2019

周末 艺人 掌声/ 跳入 市郊 翠绿

湖南文艺出版社
HUNAN LITERATURE AND ART PUBLISHING HOUSE

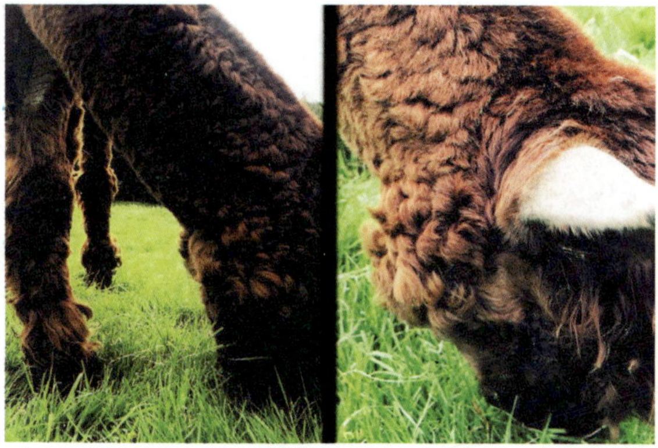

搂住 融化 温柔

火车 沿路 古迹

a journey, through time, with Anthony

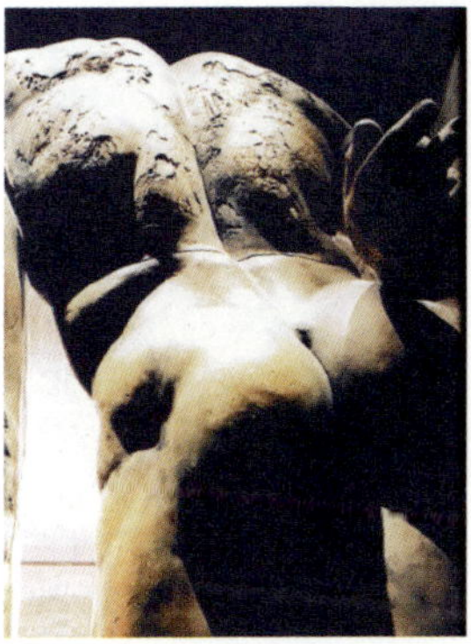

雕塑 展览馆 和朋友

湖泊 宽阔 针叶林

a journey, through time, with Anthony

散步 惊喜 夜宵

徐家汇 家 开花

a journey, through time, with Anthony

开车 一起 须臾

似是 而非 故地

a journey, through time, with Anthony

Jojo野 放松

a journey, through time, with Anthony

一年 进出 书店

a journey, through time, with Anthony

成事 名字 反复

a journey, through time, with Anthony

期待 发芽 换季

a journey, through time, with Anthony

防晒乳 嬉闹 过往

a journey, through time, with Anthony

相信 如何 生活

半夜 大风 继续

床上 凝固 晚霞

a journey, through time, with Anthony

午餐 灼热 风

a journey, through time, with Anthony

a journey, through time, with Anthony

潮湿 电影 规矩

顽强 脆弱 星光

a journey, through time, with Anthony

这本书 送给Jyri

我说 你去赫尔辛基以后 我要给你写封信 一直没有写成

现在把这本书 送给你 它是我给你的一封情书

它是我给你的一封情书

序

天青色 等烟雨

a journey, through time, with Anthony

有种感觉 每次出书都在夏天写序 只穿内裤和背心 一只脚放到椅子上写

《青》从 2016年 一直到2019年年底 我有意识地把它放到疫情之前结束 感觉疫情以后就是另外一个天地了

整理的时候 感觉那三年 真的没有轻折腾 世界各地跑 好像每周都有位移 再想想这几年 除了去年回上海住了几个月办展览 就没怎么换地方 老老实实地生活在墨尔本 不飞的日子里 也没有很怀念那些旅行 只是整理的时候 又勾起来很多回忆 感受着各种点滴 心想还好有这些记录

我把新书节选给几个朋友看

有的说 觉得这本《陪》是粉红的

有的说 觉得我又成熟一些 写作风格也有些改变 有些句子要反复读一下

有的说 舍不得看完

不过我自己心里还是经常没底 担心会不会字数不够 会不会提到太多品牌 写得不好

好在不是个特别纠结的人 这些担心很快也都放下了 想说光担心也没用 把书出出来 让读者来评价好了

在《爱格》杂志上 写了一年的专栏 现在仍在继续 我新的编辑婷 对我特别好 可能太好 太懂事了 让我有恃无恐 稿子经常一拖再拖 不过幸亏有这个专栏 《青》后面的稿子也累积很多了 现在的量 已经完成了下一本的一多半了

墨尔本这个夏天 没有特别热 但很闷 经常要在家里开一会儿空调才干爽舒服 每天的生活差不多就是 看书 出去散步 做饭 偶尔写东西

我写序的这个时候 你正在做饭 疫情期间 没事儿一样 飞来飞去 已经来墨尔本两次了 想必每一次看似简单的旅行 也投入了很多精力吧 机票要一直换 中国 芬兰 澳洲的出入境规则也在变 但

你还是每次都如约而至

下午我说我要写新书的序 你说你等下要和中国那边开会 有个城市要做一个 非常大的中药纪念和展览中心 问我 会不会打扰我 开了会你可以做晚饭 我说没事 我说 你对中药不是一无所知吗 怎么找你们设计这个 你笑着说 也许我知道的比你多 那一瞬间 我竟然相信了 因为什么东西你知道的都比我多

我说 也许你可以设计一个很大的温室 中药很多材料都来自动植物 你认真地说 不错 可以考虑

你来墨尔本已经两天了 现在完全适应了 昨天刚来的时候 觉得有点别扭 明明觉得应该很热情的 但心里总是很抵触 也说不上为啥 两个人从机场到家后 坐沙发上 你问我 你怎么怪怪的 我说我有点紧张 你问 你在想什么 现在 我说 我觉得我脑海里有个 我们见面后 我要怎么表现的设想 但身体觉得有点陌生 所以脑子和身体没有很同步 才看着别扭 你问我 那你和我一起开心吗

我想了想说 可能我理解的开心 不是一种真正的开心 我也不知道 我到底在追求什么 我觉得和你一起以后 体验到了一些不一样的东西

我指着窗户外面的豌豆花说 就好像那个植物 到了夏天就会疯长 每一天都会蹿出一截 很有生命力 很有劲头 一直发芽 但你

出现以后 好像是那个架子 豌豆花的苗不再是杂草了 有了架子攀爬 以后就有了方向 这时候要把新芽中间的叶子剪掉 看着残忍 其实是为了让植物更有力地向上生长 我说 遇到你 觉得自己不是杂草了 成了一株植物 有了开花结果的机会

你说 “你让我很开心 让我觉得平静 之前从来没有人给过我这种感觉 ”

我们好像经常有这种深刻的对话 它们是我们感情中的 护身符

我看着此刻的你 穿着浅色的短裤和蓝色的背心 有点杂乱的金黄的头发 在认真翻阅一本 字典一样厚的食谱 明明做了好几十遍的简单意面 每次做 却还是要认认真真地跟着食谱一步步来 我想很大程度上 这就是我喜欢你的原因吧

你还不知道 这本书是送给你的 等拿到实体书的时候 我再告诉你 想必你一定很开心

从上本书 写序的时候开始 我就想每一本都用 有那个颜色的诗句 做序的名字

这篇序的名字 本来想叫 青泥何盘盘 是来自李白 《蜀道难》的诗句 “青泥何盘盘，百步九折萦岩峦” 讲山路崎岖盘旋

百步之内要拐九个弯 我觉得这句很好 它讲出了 这几年我偶尔在感情里的摸索和 困惑

再者 我觉得 书里很多篇章 都写的快乐的事情 恋爱的甜蜜很多时候两个人生活在一起不是这样的 所以想在序里面泼一些凉水 不想给大家画饼 但看着此时此刻 认真做饭的你 觉得自己是在作妖 所谓的盘盘 九折 这些可能都是我吃饱了撑的 自己给自己制造的障碍吧

于是把序的名字改了

天青色 等烟雨
我觉得 我算是 等到了

谢谢你们的 阅读 希望你喜欢这本书

安东尼 上

2022年1月12日

South Yarra， Vic， Australia

青：陪安东尼度过漫长岁月 V

[2016年7月31号]

坐在四点四十六的水泥地上 在想——我捧着冒尖的一篮子苹果来见你 跑了太久 所剩不多

[2016年8月1号]

连续三天 睡觉以前 看英国的《动物世界》 新几内亚岛上生活着二十多种形态各异的 极乐鸟 它们雨季过后便活跃起来 不厌其烦地 欢快地清理着它们的舞台飞来飞去地衔起来一些树叶 或者叼起木棍来擦拭地表岩石 等一切就位的时候 它们站定在舞台中央 开始优雅地翩翩起舞 这么美丽的舞蹈就在丛林里静静地开始 又无声无息地结束 伦敦腔的画外音响起

“如同我们人类一样，它们不仅仅是存在而已，它们也意识到自己的存在。”

我觉得有的时候 人类还不如动物 我们只是存在而已 并没有意识到自己的存在

[2016年8月4号]

对美的追求 人人都有 所付诸的行动不同

[2016年8月15号]

“我哪也不去 我就在放下屠刀的灰烬中 等你” / …… *Dexter*（《嗜血法医》）第三季不太好看 ……但我还是咬着牙看完了 …… / 这次做的内衣 胸小也可以穿的 我都试过了 / 为了绘本里新的故事 最近在学陶艺 / “人们想要飞呀 就得 把往事藏好”

[2016年8月17号]

表弟要结婚了 我给我妈打电话 她和我说 不要因为鹏结

婚而觉得着急 你爸整天着急 妈是不着急的 日子毕竟是自己过的 不是做出来给别人看的 没遇到合适的之前 把自己的日子过好 千万别为父母或者任何人凑合 我宁愿看到你一个人开心 也不想看到你们两个人将就 …… 我说好 谢谢 妈妈

[2016年8月18号]

别生气了 要么你放个屁 我忍着 还不行吗……

[2016年8月20号]

因为爱丁堡Fringe（边缘）艺术节 来这里住一周 / 每次在这个城市里走 总能想到Emma和Dex 她们分别时候 Emma再三确认 Dex 有了她的电话 她像个小孩一样 笑着 欢快地 倒退离开 一脸爱的模样 街上的路灯一盏盏亮了

[2016年8月21号 一到秋天 身上就很干]

昨晚做梦 梦见生了个女孩 特别可爱 头发是金色的 我把她抱去班级里给朋友们看 她明明刚出生 却凑过来亲了我一下 我激动得 当时就热泪盈眶了

[2016年8月24号]

也许有一种 理想的状态 是由着兴致阅读 做梦 旅行
在时间中长大成人 有胸怀拥抱各种颜色的感受和心情
晚安啊 / 睡觉前 我忽然想到你 你脸上的那颗痘 是酸的

[2016年8月25号]

昨天喝了瓶红酒 据说葡萄种在 意大利北边的高山上 做酒人 在秋天的时候 会带上一只羊上山帮他运葡萄 红酒很好喝

意大利 北边的饮食 经常有 北欧菜的风格

[2016年8月25号]

如果按每天睡眠八小时来计算
那我们三分之一的人生都将在睡梦中度过
可惜并不能把每个梦 都记得清晰
也有过几次辗转难眠 和日夜颠倒
也有过几次笑着醒来 及不知哪里来的眼泪

[2016年9月2号]

山茶花的叶子 油油的 墨绿色又硬挺

一年四季旺盛地生长 倔强的模样 听名字 总觉得应该长在南方 湿润温暖的山顶

北方有没有 我记不清了 墨尔本是有的 按照经纬度来看北方应该也有

八九月份 墨尔本升温由冷变凉 山茶花便偷偷地结了好多花骨朵 不知道哪来的力气 一开就是一树 大大方方的 一点也不扭捏做作

春天雨多 总感觉路过草丛或者公园的时候 会被山茶上带着的雨水沾湿

经常我在车站等车 看着一地被雨水打落的 厚厚的山茶花

总会情不自禁地想 把它们收起来 烘干

在来年冬天 帮你做一张床

[2016年9月14号]

我定闹钟 有个习惯 不喜欢定整点 一般都是5:42 8:56

17:23 这样零散的数 也不知道 为什么 可能因为这些零散的数是我选的 我要为它们负责 那个时间 就一定要起来

[2016年9月15号]

站了一天 回到家 又把剩下的花材整理了下 / 累倒在厕所 坐了快半小时也不想起来 / 但是为了找对象 还是要振作起来 打起精神去朋友邀请的 莎士比亚剧团的宴会

[2016年9月16号 Tiffany（蒂芙尼）的手表 我一直戴着]

美国作家男生 喜欢上 比他大十岁的法国女人 男生第一次出版后用所有收入 买了戒指 向她求婚 女人很喜欢男生 但觉得年纪差太多而不确定 后来被男生感动 戴上戒指 正合适 她惊讶地问 你怎么知道大小的 男生羞涩又认真地说 我和卖戒指的 形容了 你的手 …… 停顿了一秒 女人下定决心和他好了

[2016年9月17号]

洗澡的时候摔倒 可能因为音乐起劲 可能因为喝多 可能

因为 沐浴液太滑 或者我太滑 反正我从浴盆里 站着涂沐浴露的时候 飞出去 淋浴喷头还在手里 湿了一地 把刷厕所的刷子也打翻了 脑袋 撞在 装卫生纸的 铁架旁边 差点 穿过去 ……挺可怕的 现在冲干净 躺床上看书了 后背刮伤 特别疼

现在想想很后怕 如果就那样摔倒 又爬不起来 也动不了 是不是就死那里了呢 下次洗澡的时候 旁边应该放个手机 我觉得

[2016年10月1号]

我很喜欢划船 感觉上像是在水上散步

因为当时看《故园风雨后》 里面 弗莱特肖抱着小熊和他的恋人 在河里泛舟的情景在脑中挥之不去 去剑桥两次 每次都会在那里划船

剑桥的河道很窄 说是划船 其实没有船桨 而是用一根中空的金属杆子撑船 船的形状细长 像是独木舟

第一次去剑桥是和卤猫 Hana 娥一起的 我们的船夫站在船头 一边撑船 一边讲每个路过的学院的故事 Hana在对着满

墙的花拍照 娥坐在我的对面 害羞地把长裙掖到腿下 卤猫双手抱在胸前 像个贵公子 开心地笑 我躺在他旁边 舒服得快要睡着了 心想 这船真的比所有交通工具都快 撑船一定是 梦里前行的动作

我要离开伦敦 回家了

[2016年10月2号]

这次回家 坐印度航空 一上飞机就是一股咖喱味 我有点崩溃 但还是很期待晚餐的 / 印度空姐 让我想到我大舅妈

[2016年10月4号]

因为有时差 白天都觉得在飘 第一时间 飘来看《爵迹》画面太美了 特别喜欢那头大狮子 银尘和麒零的互动可以更多的 不够看

[2016年10月5号]

她是个碎了的瓷娃娃 梦想着 有天 有个男孩拿着胶带出现

[2016年10月7号]

走过的路 都能留下脚印 真的很幸运 / 心里有很多祈祷 没有你们走不到这里 谢谢

[2016年10月9号 summer of soul（灵魂之夏）]

回到家里 墨尔本大风 一小时五十公里那种 房间一角 躺在地上玩手机 给爱尔兰 伦敦 中国 墨尔本的朋友发信息 音响里放着最近反复听的*Cherry Wine*（樱桃酒）风从外面吹进来 五米多长的窗帘包住我 像个帐篷 我躺在里面 水泥地有点凉 但不要紧 听Hozier唱*I am yours and you are mine*（我们彼此拥有）因为有世界各地的朋友 觉得世界也成为朋友了 / 很开心回来墨尔本

[2016年10月12号]

早上躺在床上看书 屋子里放了爵士乐 阿姨开门进来 我在楼上和她打招呼继续看书 过了一会儿阿姨在楼下喊 马亮 这个音乐不好听 换一个…… 我不想换 但还是老老实实地换了一个 / 我下楼 阿姨说 你在伦敦谈恋爱不是挺好的吗 怎么忽然就回来了 我说我签证到期 再说墨尔本还有朋友和工作

阿姨说你就瞎折腾 下次去伦敦多住一阵子 我问她 你都不想我吗 让我走 阿姨说 这么多人里 我最喜欢你 希望你好 你出去闯 阿姨帮你把家看好 以后你结婚生小孩回来墨尔本 阿姨还帮你带孩子……我要哭出来（然后阿姨今天还给我带了 炖牛肉）

[2016年10月14号 每次落地浦东机场 总有种在电影里的感觉]

回国了 刚到上海 一出机舱闻到一股海味 / 因为临时买的机票 票价很贵 没舍得花钱 飞了经济舱 辗转一晚上 也没怎么睡 / 进入工作状态

[2016年10月16号 Hout & River]

回来上海四天了 自从上次和伦敦品牌合作 推出联合设计款在氧气上售罄以后 就一直想做一款 类似我现在穿的这种舒服的内裤和打底T恤 回来见了一些朋友 咨询了面料和渠道 希望有一天可以穿上自己的设计 / 《绿》 的书稿已经交上去 现在还差 序 没有写 定下来出版日期 第一时间通知大家 / 现在在去 小西 李安家的路上 昨天见了一个看星盘的朋友 一起

吃饭 觉得她有点累 我在墨尔本也有看塔罗牌 做催眠 看八字的朋友 他们在某个方面都异常准确 充满灵性 又善良 我很喜欢他们 有的时候 我会觉得他们辛苦劳累 我希望我的这些朋友们 都是一个个小火炉 明亮 温暖的 人们可以走向他们歇息取暖 也许带上一点火种再上路 但我不希望 愚昧贪婪的人 把他们当成前进道路上的手电筒 路还是要自己走的

[2016年10月18号 是公主也是公子]

全世界我最爱的演员周迅 生日快乐 / 还记得那一口西瓜皮的滋味

[2016年10月19号 感觉这几年大连都没什么变化]

理了个发 每次进空调房都觉得好冷 / 想起来一个笑话 一个男生觉得 脖子前面有种无形的力量 勒住喉咙 无法呼吸 脖子后面又总有凉风 去医院检查 医生批注 秋衣穿反 / Ken是我在国内的理发师 差不多三四年了 只要我在上海就找他理发 话不多很踏实 特棒 / 今天回大连 在澳洲 买了好多露露来萌 回家送给爸妈 换了个新手机 于是我爸的手机也可以升级了 / 你过得好吗

[2016年10月20号 欣赏不了二人转 但很会转那个手帕]

回家了 在爱的河里 / 但催婚也是不能缺少的环节 铛里个铛

[2016年10月21号]

今天从农村回上海 临走前 妈炒了袋花生让我带着 我爸给我装了一口袋苹果 我说不要 拿着麻烦 爸说 这苹果树都是喂饼子长大的 又脆又甜 我说我住酒店两天就回墨尔本 吃不了几个 爸说你拿去和公司同事分着吃 他们肯定没吃过这么好的苹果 / 我单独装了箱子 你送给郭敬明 感谢人家栽培你 我说他不怎么吃东西的 爸说 东西不贵 关键是我们一番心意 后来我都带了 / 回家泡温泉挺爽的 农民是很不容易 种了一年的苹果玉米 也赚不了多少 玉米一斤才八毛钱 但我觉得 农村人和城里人 幸福指数也都差不多 都挺辛苦 也都不错

[2016年10月23号]

美景良辰未细赏

[2016年10月24号]

这一路 相见与告别 / 总能在最好的时候 遇见也不错

[2016年10月25号 多喝水 多喝水]

忙了一天 写了很多邮件 做了很多事 晚上九点 用有机培根炒了个紫色的菜头 配着两个煮鸡蛋吃了 做饭的时候又把明天早上喝的粥炖上了 吃了饭 又写了点东西 和朋友打了个电话 回了些邮件 弄好后想说差不多十点多了 要睡了 要美 再定睛一看 已经晚上十一点二十三分了 完了 来不及了 今晚是美不了了

[2016年10月26号]

想陪你在草原上休养生息 生儿育女 但是你若要 上天入地 我也愿意陪你 我要是有百年功力 就用尽百年功力 我口里要是有一口水 我就用尽一口水 我要陪你

[2016年10月26号]

已经晚上十二点了 我以为我室友Ming 不回来了 于是我

脱光光在楼上洗脸 楼下电脑放音乐太响 我下楼关 正好我室友开门进来 我正面对她 打了个照面 她好像叫了一声 关了门 我迅速上楼 穿上衣服 对外面喊 进来吧 我穿好啦 …… 然后故作镇定 但还是有点尴尬

[2016年10月28号]

今天下了个决心 只有我喜欢的人才能睡我

[2016年11月]

我几个最好的朋友来英国找我玩

春末夏初的时候 我们一起去天空岛

Harry 和我换着开车 Jess和小茫坐在后面

有半圆拱桥通向岛内 刚开上去的时候 看不到前面的路 感觉好像是往天里开

走环岛公路 在海上和山里穿行 偶尔停下来走走 现在回想起来 脑子里只有在海上静止的邮轮 从山上一直披到山脚的松软草地 像镜面一样的无尽天空 Jess和小茫爽朗的笑声 Harry

微笑的样子

这么美的天地里 我和喜欢的人在一起 总是觉得很踏实 好像每一步都会有一个脚印

第二天清晨下起细雨 我们开车上山 车里放着爱尔兰音乐 我们在聊天 小茫太累了 眼睛上盖着一条围巾睡觉 有一搭没一搭地插话进来

回国之后 我一直怀念那个场景 在我们这个被资讯和网络充斥的时代 在我们所生活的地球上 此时此刻 有一个地方只有天空和岛屿 别无他物

有一两只羊在吃草

我和我最喜欢的人们去过

[2016年11月3号]

自私的根本原因 其实是笨

[2016年11月5号]

累到想放弃的时候

去洗个澡 又会想要再试试看
不敢说出的表白
洗完澡以后 比较有勇气说出
对世界感到厌烦的时候 洗完澡去看
觉得有变温柔一点
所以 和我一样 努力的你 疲惫的你
有点孤单的你 认真的你
其实也觉得 没什么大不了 洗个澡就好
对吧

[2016年11月8号 好像又爱上了]

今早去锻炼前 边穿衣服边下楼 阿姨在楼下换床单 我走她面前 把衣服脱了 说阿姨你看看我是不是壮了 她看了我一眼又转回去 摇摇头 然后自言自语说 想要个胸肌好几年了 也没什么变化

[2016年11月10号]

那时刚来墨尔本 生活就是打工学习 和心里的那个人 觉得生活漫长 / 十年过去 现在有好多有趣的工作 奔波于各个

国度 跨过几个大洋 觉得人生匆匆 好多事都来不及做 心里早已没有那个心心念念的人 但也充实 因为会在交错的时空里惦记你和你们

[2016年11月12号]

李安新电影 比上一两部更感动我 看了心里很难过

[2016年11月14号]

和Harry 一起邮轮旅行 在甲板上聊天几个小时 / 我们看着一望无际的平静海面 他说你知道吗 这才是地球本来的面目 我顿时觉得 陆地上生活的种种 被更大的世界包围了 有时候你执着的事 也不是多大的事

[2016年11月16号]

游轮船身彩绘的主题是 宇航员与人鱼的爱情 船上到处能看到这个故事的元素 我当时想 宇航员干吗和人鱼谈恋爱呢 水手还差不多 / 今晚打开房间窗帘 站在甲板上看着外面的月亮 昨天朋友圈上出现的月亮 今天还是圆的 浩瀚的海上 只有

它伴我前行 月亮还是当时的月亮 当时的人却不在了 这时候我忽然明白 原来很多爱情都是人鱼和宇航员啊 要有漂洋过海的坚定 也要有披星戴月的执着

[2016年11月19号]

来了上海 起早又看了次120（指《比利·林恩的中场战事》）的 在李安的电影里 看到大段大段的自己

[2016年11月20号]

做按摩 技师是个年轻姑娘 我说 按得很棒 谢谢你 你之前做什么的 她说 小动物临床 …… 然后觉得自己很像小动物 / 明天去香港 然后回澳洲 最近很多朋友都病了 大家保重 注意身体 晚安

[2016年11月25号]

在看一个美国厨师的传记 他说 “人生不就是在填补一个又一个缺憾吗” / 你觉得呢

[2016年11月29号 朋友 你去过黄河吗]

Owen 从阿德莱德来我家住一周 早上醒来 闻到他在一楼窗边抽烟的味道 看视频的声音 感觉又回到大学 / 打算租一辆车 去海边走走

[2016年12月1号]

中国我最熟悉的城市 除了大连可能就是上海了 我在上海住过一阵子 先后租了几个房子 后来因为工作也断断续续地回来 我还是听不懂也不会说上海话 有人说上海的节奏很快 可能之前我都住在弄堂里的关系 觉得速度也挺慢的

看着上海的秋天 想起之前一个人去西班牙旅行 也是深秋 海水已经变得冰凉 那时候自己欧洲旅行到了 最后的时段 忽然觉得寂寞 盯着地图看也不知道自己到底在哪里 晚上十点 莫名其妙喝光了酒店 冰箱里的小瓶酒 脱光衣服裸体跑去海里游泳 一头钻进水里 天地之间 没有了我 却又觉得 自己在世界的每一处

[2016年12月4号]

前阵子好多东西都用光了 于是换了不同洗脸的 爽肤水

和面霜 之后就左眼肿了右眼肿 外面肿完里面肿 也不知道是哪个东西出了问题 又不舍得都扔了 于是继续用着 继续肿着心想 等三个月后 都用光就好了

[2016年12月6号]

我准备把这些东西涂 厚厚的一层 一个月就用光它 / 和欧文 师傅在酒庄 刚吃好饭 他们在扔松子逗狗 我在他们身后点 咖啡和甜点 心想 这世界 有天有地 有你 有我 真好

[2016年12月8号 感觉三亚到处是东北老乡]

麦粒肿一直没好 前几天热敷 反倒更严重 来三亚工作 明天要直播 朋友推荐了一家当地很好的医院 / 打车来医院的临走师傅给我一张名片 让我看完给他电话 他给我带回去 / 然后 我刚刚 来楼上眼科排队 有个男的坐我身边和我打招呼说 还没看完啊 我心想 勾搭人都勾搭到医院了 又想 可能是医院里的骗子 假笑了下说 没 翻出手机来玩过了半小时 那男的又回来坐我身边 向我问 你还在排队啊 我看着他 他看出了我的迷茫 说 我是你的司机

[2016年12月9号]

最近有个人 每天都会发信息给我 说 早上好 和 晚安

[2016年12月10号 世界变化快 我要上宽带]

开了眼药水 医生说你这不是大事 以后不要挂专家门诊 / 打车回酒店 戴个眼罩 回到房间 看到慰问卡片 顿时被温暖了 觉得酒店真好 / 晚上把床四周的帘子拉起来 听着外面来来去去的浪声 感觉是睡在船上 又像睡在梦里 / 一觉到天亮 早起去海边 把鞋子脱了 沿海岸线走了几公里 回来的时候 路过酒店泳池 把脚涮了下 坐那里准备穿鞋 旁边小哥就递了毛巾过来 还说早上有露水 我帮你在沙发上垫个毛巾吧 我不好意思地说 不用 不用……

[2016年12月20号 最近爱上肖邦 内心非常丰盈]

从墨尔本飞到东京 要飞十二个小时 / 从上海到巴黎 要十五个小时 / 从伦敦到大连 飞十七个小时也到了 / 只要这一路上有你 就是最好的礼物

富士山上一束晨光里的你 / 在有日落的餐厅盯着窗外的

你 / 一心等着我回家吃饭的你

以前有多远飞多远 我就觉得 自由了

现在感觉想谁的时候 能说见就见 才自由

一路上在想 一定要告诉你 今年也得到很多爱 / 不知道怎么谢谢你 所以我回来了

[2016年12月21号]

想说可以录个视频 专门教单身的朋友怎么做饭 以后成了家 就教两个人怎么做饭 有了小孩就教怎么给小孩做饭 想着想着都乐出来…… 然而都是在乱想 / 明年会在时尚杂志上开专栏 / 最近写了些东西 发现写作的时候 真的是发自内心地开心的 要珍惜 / 今天冬至 希望你暖

[2016年12月22号]

尽管 我写了本 不对 一个系列 关于漫长岁月的书 但每次想到你 都觉得人生太短

[2016年12月23号]

“不采而佩 于兰何伤”这句特别好 意思是说 只要你开得快乐 美好 即使 没有人来采摘 佩戴 对你又有什么伤害呢 / 约了一些好友明天来过圣诞 挺多人 准备做一部分 叫一部分外卖 / 想了个装扮桌子的方法 等下去市场买花 一定很好看 / 有珠宝品牌 送了张票 我要回去看王菲了 二十五号晚上飞上海

[2016年12月27号]

今天上海很冷 只有一摄氏度 / 墨尔本这几天都是三十几摄氏度 / 比起热 其实我更喜欢冷的天气 / 很期待今年的第一场雪 / 据说 下第一场雪的时候和喜欢的人表白 / 就能在一起

[2016年12月28号]

今天在上海户外拍摄 很冷 客户买了很多暖宝 我之前没用过 让小茫帮我贴 她像贴膏药一样贴我背上 我说好热啊 是这样贴的吗 这时旁边人说 那个要贴在衣服上的 小茫在一旁愣头愣脑地说 是吗 我之前都直接贴身上的

[2016年12月31号 感觉这次会是一场 长久的爱恋]

今年不想做什么总结了 挺好的一年 做了很多事 / 前几天星星的位置适合许愿 于是在本子上写下来 “随着我的成熟 心上人正在越来越走近我 喜欢我 长久地和我在一起 ” 本来以为是给恋人的 现在一看 也是给你们的 谢谢你 2017 也在一起吧

我准备好了 你呢 / 衷心祝愿 新年快乐

[2017年1月 《芭莎男士》 专栏]

之前忘记是谁和我说 今年冬天会特别冷 十二月的时候回去了次上海 觉得还是挺暖和的 太阳出来的时候可以直接穿一件衬衣 倒是墨尔本 今年不知道怎么了 往常圣诞新年的时候都热得恨不得光上身 今年却有点凉 昨晚睡觉 愣是被冻醒 本来想找个毯子 看了下时间 心想 天快亮了算了 继续睡吧

上个月在香港和Mr Porter团队一起吃饭 他们说想请你写一篇文章 分享一下过年回家会怎么穿 我说这个选题很棒 写起来应该很有趣 欣然答应

今年一月十八号到二十五号我会去巴黎参加国际内衣博览会 看看新的面料和设计 二十五号从巴黎出发飞上海然后回大连家里过年 听着有些突兀 这一箱子衣服要从时尚之都巴黎一路穿到北方农村老家 但仔细想想却是完美的衔接

巴黎人会穿 因为他们不仅把衣服穿得美 更穿出一种“我把生活过得很好”的样子

过年回家不就是要穿成这样吗 父母感受到了 接下来的一年里 会少一些担心和牵挂

亲戚朋友看到了 会觉得你是独角兽 不是马 直接默认你工作很好 工资很高 都不好意思开口问你 谈没谈对象 更别说介绍朋友家女儿给你这种事了

这一箱子又要精简 我很喜欢旅行时候尽量轻便 何况轻装上阵 也是“把生活过得很好”的体现 这次旅行箱我是这么装的

大衣：深蓝长款羊绒大衣 一件 / 棕色短款大衣一件 / 皮夹克一件

*北方天冷 这两个颜色和长短可以实现各种搭配 宜动宜静

*有了皮夹克 “啥时候结婚啊” “阿姨 我还不想找对象

我是风一样的男子”

毛衣：羊绒衫两件 一件灰的一件红的 / 高领白色毛衣一件

*没有什么比穿羊绒看起来更自然而然又保持优雅的了 人家英文名字里有cash 也不是随便说说的 毕竟每年羊绒的产出只占世界动物纤维总产量的百分之零点二 如果让我从正月初一到十五只穿一件 我觉得一件质感好又设计简单的羊绒衫也能轻松驾驭

*适逢过年 尽管黑白灰显高级 也不能一味地冷淡 偶尔穿一件红色在里面也是很必要的 家庭大合照时也比较显眼

*一穿上高领毛衣 立刻看起来像是在交往中 而且月薪翻倍的感觉 不要问我为什么 这就是个谜

鞋子：无鞋带靴子

*利索 提上去就能出发 看起来又高又笔挺 你出去买个鞭炮 拜个年 家里人都站门口等着了 你还在那里系鞋带就很窝囊 再说靴子这东西 巴黎精品商店可以进去 北方冰天雪地也可以走走

西装 / 衬衣：墨绿色休闲西装一套 白色衬衣两件

*毕竟是工作 西装还是要带一套 但不用特别正式 我妈没有什么机会看我穿西装 正好借机让她看看儿子正装多帅

休闲服 运动服一套 / 套头衫一件 / 泳裤一条

*上飞机也可以穿 而且回家也要做运动 吃得开心就要更开心地做运动 美的人才可以不谈对象

*尽管我已经练成了 穿白衬衣也能做饭的本领 但回家要帮父母做些力所能及的事 不能总让他们忙活 这时候有件套头衫就方便很多

*法国酒店会有游泳池 农村家里附近的温泉 据说过年期间也照常营业

香水一瓶 Mad et LEN / red musc 麝香调 很温暖也很单纯 不突兀不坏

表 Tiffany CT60 我们电影首映的时候 Tiffany 的公关说 我们借你一块表 你首映时可以戴 首映结束了 要还回去 我说 不还了 这块挺好我买了 公关笑说 没有借哪个明星 对方说不还了的 你要是买 也去店里拿一块新的啊 我说没事就这个就好 一戴戴了一年多 很爱 （现在想想 可能给公关带来很多麻烦吧 毕竟不是一个体系 抱歉）

围巾 我不喜欢围围巾 总觉得麻烦 但是方的丝巾可以有一条 上面的这些衣服相对简单 可以用丝巾塞在衬衣里装饰 而且衬衣里围一条丝巾 温暖程度堪比一件毛衣

差不多就这样了

提前给你拜个年 过年好

[2017年1月3号 但愿人长久]

关于王菲的演唱会 我也没有什么想要说的 评价的 翻翻朋友圈 基本上都是毁的 看了看 又关上 / 演唱会结束 哼着她的歌从场馆出来 没有觉得激动 更没有失落 就觉得 来过 够了

[2017年1月6号]

朋友是过敏体质 吃不了海鲜 春夏的时候 犯花粉过敏症 没有吃或喷药的话 就一直打喷嚏 抹的用的也得买那种没有添加的 要么 就遭罪

跟她一起吃饭 点菜的时候也要注意

朋友去年喜欢了偶像 一下子变成侦探 突然浑身都有天线 看偶像的新闻 人家一有风吹草动 从只言片语 一个眼神都

觉出深情 眼角眉梢也能看出爱

我常常觉得 敏感 对她来说 得算天赋吧 每个日常 对她来说 都可以是 妙不可言的

好喜欢 和敏感的人 做朋友

[2017年1月7号]

和Jess Harry 开车九个小时来到 Jess老板山上的小屋度假 晚餐吃得特别好 一边喝酒一边听上一辈人 讲故事 七十多岁的人 讲他们年轻时候坐飞机的经历 说那时候飞机很小 在机场 所有人都穿得很正式 从墨尔本飞去欧洲 要途经好几个地方加油 每次落地以后 又有丰富的安排 听起来很有仪式感 和现在的飞行体验完全不一样 / 现在 住在森林里的小木屋里 四周有袋鼠 大蜘蛛 黑蛇 各种鸟 今天晚上一定睡得很好 晚安

[2017年1月13号 0328]

Mr Porter 寄来了四箱子衣服 感觉像是迟来的圣诞礼物 / 小托要去伦敦当 园艺师 把房子卖了 大部分钱都拿去还贷款和欠款了 我们这周 吃了两次饭 每次他都喝醉 / “我送你”这三个字 放一起 好悲伤啊 一种用距离可以丈量 的不舍 / 我觉得 爱过的 都是值得的

[2017年1月21号]

很多东西 你肯等 它就会来

[2017年1月24号]

总觉得小时候过的年才有滋味

那时候过年在姥爷家 三十的时候舅舅舅妈 老姨姨夫 还有表弟们就都从各地赶回来 经常 我寒假一开始就被送去农村了 尽管好玩的东西很多 但还是会数着过年的日子 盼着大家都回来的那天 记忆中 我坐在屋里炕上 在厨房忙活的姥姥忽然喊一声 繁广 回来了 于是跳下炕 踩上鞋就往外面跑 每一家回来都会带大包小包的东西 我们一次次地进出往家里搬

一般刚落脚 第一顿都吃得简单 白饭或者稀粥 配韭菜炒鸡蛋 还有大盆的烩菜 但那么好吃的韭菜炒鸡蛋以后我就没再吃过 下午的时候就开始包饺子蒸馒头 老舅老姨还有舅妈里外忙活 大舅和我妈在饭桌上写春联 我和我弟把去年的春联撕下来 除了贴春联也贴彩旗 小舅用面熬成糨糊把春联贴上去 我就站在门槛上看他贴得齐不齐

晚饭就丰盛很多 杀猪肉蘸蒜酱 酸菜炖肉 萝卜片炖猪血肠 皮冻 炖鱼 小鸡炖蘑菇 芸豆炖排骨 水果罐头 饭桌上男人

互相敬酒 女人不断地添菜 夸谁家的小孩比较能吃 吃了多大一口肥瘦相间的肉

尽管外面已经零下十几摄氏度但是家里还是暖暖和和的 到了晚上 铺床 褥子一个连着一个 每个褥子上放着一个枕头 被子掖成一个小口袋 孩子们都是钻进去的 大人们把准备好的新内衣和袜子拿出来放到脚下 第二天起来所有人都在换新衣服

杀猪那天姥姥总是要哭的 那头猪养了一年 姥姥每天都要喂个两三次有了感情 杀猪的时候会从村子里请专门的屠夫 也会有亲戚来帮忙 屋里屋外都在忙活 院子里充斥着 鞭炮的味道 水烧开的味道 血的味道 烧树枝的味道 果实成熟的味道 清洗肠子的时候粪便的味道 还有冰和雪的味道 这些加到一起形成了我记忆中的年味

想说这一年 一家人散布在世界各地 完成工作 看过美景 吃过佳肴 享受过快乐 也体验过失落 那些日子 都是三百六十五分之一 它们都是过一天 尽管除夕这天也是一天 但一家人回到北方水库旁的小村庄 在石头砌成的农家小房里庆祝 这一天就是过年

后来我姥姥去世 姥爷年纪大了 冬天的时候不适合在农

村生活就搬去了城里 少了一些年味 但还是热闹的

再后来我出国 开始的时候因为过年期间机票太贵 不舍得回国

之后 又因为工作关系 一般就国庆 圣诞回家 一二月不能抽空回国

这几年 表弟一个个结婚 还有了小孩 于是过年回家跟 真心话 大冒险一样 茶余饭后被问得最多的就是 有没有对象啊 怎么过年没带个人回来啊 这么大岁数还不结婚就是不孝顺啊……

我的回答从 “还在找” 到 “在交往” 到 “找不到” 到“明年就准备结婚了 你等着吧” 和上一年的 “我现在又美又健康 有钱又有房 工作好朋友棒没有谈恋爱也很正常 人哪有十全十美的呢 真的找了个好对象 说不定就要得癌了” 也是玩不出什么新花样了 亲戚朋友问问 厚着脸皮搪塞一下也就过去了 最难过的是 酒足饭饱后 父亲大人 沏了壶茶要跟我谈谈 那正式的样子 让我一肚子酸菜炖粉条都在翻江倒海

今年我回家了几次 加上一月因为工作 要去巴黎内衣博

览会看看新的面料和设计 本来准备留在欧洲多玩一阵子 那天收到妈妈的短信 今年过年回来吗

我说可能不回来了 准备去欧洲

我妈说 我和你爸现在就开始置办年货了 因为有盼头 盼望着孩子回来 盼望大家团聚 再累都不觉得 前几年过年你不在家 我和你爸都有种想哭又不能流泪的感觉 你说 过个年 不置办不妥当 置办了又不知道为了啥

然后 下午我就买了机票 把机票截屏发给我妈 发了四个字过去

回家 过年

许久 很少用表情的我妈发了个 笑脸 说 谢谢儿子

也不知道她在谢谢啥 回家过年 和爸妈一起包饺子 被亲戚催找个对象

这些可能 都是我该做的

新年就要到了 我觉得它会是一个好年

[2017年2月3号]

回去的飞机上 我在想 下次见面我一定好好吻你 让你在亲吻中感受到 我心里的喜欢

[2017年2月7号]

因为将来我们都会更好 所以做不到在最好的时候遇见你 但能做到 人生如初见也不错

[2017年2月8号]

想送喜欢的人一枝玫瑰 卡片上写 “I have a feeling about us. It's much older than you and me.（相比我和你，我更钟情于我们。）”

[2017年2月13号]

橙汁小姐上高中的时候 喜欢高年级的一个学长 是一个眉清目秀的白衣少年 学习好又不张扬 甚至能在比赛的关键时刻投中那颗决定胜局的球 橙汁小姐是一个黑黑小小的姑娘 剪了一头短发 戴副眼镜儿 像一个小男孩 喜欢看言情戏 学以致

用写了很多封情书 每次都随信附送一瓶橙汁 因为他最喜欢喝这个 她在信里会问他 或许 你喜欢梅西吗 这样的问题 然后从来没有过然后

啤酒小姐真的是一个销售啤酒的姑娘 她十七岁开始恋爱换掉了三个男朋友 现在这一任是个吉他手 吉他手不是你想的那种浪子的风格 他没有长发 也不喜欢文身 有一点壮 有一点憨 没有活儿的时候 在家教小朋友弹琴 啤酒小姐是一个酷小姐 吉他手喜欢她的酷 没有工作的时候 会去接她回家 怕她饿给她做饭 但是啤酒小姐喝了很多酒 饭菜一点也吃不下 最后吉他手给了绿茶小姐一个家

咖啡小姐正在飞快地奔向自己的三十岁 她在层出不穷的公众号上 看到过关于各种情情爱爱 曾经她喜欢过白衣翩翩的少年 跟吉他手恋爱 经历过心潮澎湃的爱情 到了这个阶段 咖啡小姐好像更加向往一个温暖的爱人 她按部就班地工作 悉心地陪伴家人和朋友 心里深深爱过 和亏欠过的人也没忘 只不过 她终究明白了喝饮料太胖 啤酒太胀 所以早上或者加班 会去买杯现磨咖啡 她期待的是那个 不会有伤流年的 温度刚好的爱情

[2017年2月14号]

没有装爱情的冰箱 要保持新鲜 只能靠 不断耕种 不断收获

[2017年2月14号]

初次约会 你问我想吃什么 我说日本菜 你选了地方 我手机地图不好用导致迟到 进餐厅的时候 你已经在那里坐着 笑盈盈地看着我

第二次见面在机场 我要去香港 你从北欧回来 我提前去机场接机 你好端端推着拖车出来 抬头看到我 行李掉了一地

你说 我们一起在机场吃顿饭 然后我可以送你 我说好 坐升降电梯去出发层门关上后 你盯着我看 看得我心虚 只好亲了你 开门刹那又赶快分开 两个人一起傻笑

第三次见面 叫了外卖在你家吃 你舔了下拇指 擦干净我嘴角红烧肉的油 那天晚上 我第一次梦见你

[2017年2月28号]

二月只有二十八天 真是谢天谢地

[2017年3月 《芭莎》专栏]

我住在一个有一百二十年历史 由百货商店改造的公寓里 面积不大 但层高有六米 所以住在四楼感觉像八楼一样 这个区又是个文物保护的地界 其他建筑都很矮 一眼可以望到市中心的高层建筑 别人又看不到我 大落地玻璃 有阳光泼进来 我在家里 非常无所顾忌地光着

当然也出过丑 那时候我家刚请阿姨 我忘记给过她钥匙 让她下周过来 于是光着身子在家写东西 这时候忽然有开门的声音 我一时间反应过来 阿姨也有钥匙 于是飞奔去楼下的客房 情急之下把小腿撞了一片乌青

另外一次是最近发生的 我一个好朋友Ming因为工作变动临时住在我家 偶尔也住在男友那里 但晚上如果不回来都会给我发一条消息 那天晚上都快十一点了 她也没发消息 我估计她不会回来了 睡前洗澡 擦干以后也没穿衣服 准备睡觉 楼下音响声音有点大 我光身子下楼 去关掉 这时候门忽然开了 我

朝门的方向望去 全身裸着和她打了个照面 她开门以后顿了一下 大叫一声关了门 我跑上楼穿了衣服喊她进来 两个人说了一通有的没的 觉得有点尴尬

归根结底我这么不喜欢穿衣服 最主要是觉得舒服 我觉得皮肤以外每穿上一件衣服 从颜色面料 到剪裁品牌 只要是能被人看到的都会被别人看在眼里 评价在心上的 这是乐趣所在 往往也变成累赘

在适当的场合要穿适当的衣服

比如第一次面试工作的时候 会选择平时已经穿习惯的深蓝色西装套装配袖长合适的白色修身衬衣

如果和三五好友去野外郊游 可能里面会穿一个白色短袖T恤 外面搭配轻薄的风衣 随身带一条轻薄的深色丝巾 起风了卷一卷绕在脖子上塞进领口 非常实用

如果是见恋人父母 会穿深色的牛仔裤子配 棕色的高帮靴子加上柔软的驼色圆领毛衣

如果是半夜下楼接上门来做运动的伙伴 就先把自己洗干净 穿成套的运动服或者套头帽衫 这样显得有活力 等一下脱

起来也方便

以上所有这些场景 如果让我顿时脱光只留一件内裤在身上的话 我都会选择 一条合身的平角内裤 不要花花绿绿的颜色 不要宽大的松紧带印着设计师名字 不要笑脸 不要动物 不要超人 已经过了而立之年的我 如果身上只剩一件内裤的话 我不需要它标榜我的任何东西 只需要它是舒适 合身 干干净净的就好

我问了一些 朋友 看看他们对男生内裤的看法

朋友C是做设计的 她说 她很不喜欢男生穿那种松松垮垮的内裤 裤子脱掉 看到那样的内裤 顿时就觉得很扫兴

朋友D是创业公司领导 她说 她之前交往一个男生 穿的内裤都是花花绿绿的 上面有笑脸 动物什么的 每次看到都觉得这个男生没长大 自己在和小朋友交往

我一个旅行达人的朋友S 和我说他喜欢白色的平角短裤 我说和我一样 我说但我不懂为什么有些男生内裤前面要有扣子 哪有男生解开扣子上厕所的 一般不就直接脱下来吗 他笑

说 这你就不懂了 两个人缠绵的时候 解开扣子拿出来 有拆礼物的感觉 也很有仪式感 我笑说你真的好懂哦

做奢侈品的好朋友V说他喜欢穿三角的 我和他说 我觉得三角的不舒服 他笑说三角的视觉上看起来会更雄伟 而且如果腿不像你那么长的话 穿平角会显得腿短

我按照自己的喜好 开始做男士内衣品牌 一次和一个四十多岁有上亿资产的创业者投资人聊天 我说了我对男士内衣的一些想法 他说如果是创业 我建议你做六十元左右的市场 中国男的还没有花钱在内衣上的习惯 我平时的内裤都几十块的 我觉得他说得很有道理 但是看着他穿的上万元的外套 又很不理解为什么不舍得买好的内衣 因为别人看不到吗

算一笔账 我差不多一年会买一件大衣 平均八千元 就算天天穿 一年穿两个月 平均使用价值是一百三十三元

内裤因为每天换 一周洗一次衣服 加上旅行出差什么的 我衣柜里会有个十几条 按照一条一百六十元的价格 一条内裤一年平均使用价值才六元不到 这还不算内衣是从早到晚地贴身陪伴 而大衣基本进了房间就脱了

关于内裤 从小时候的地摊货 到大学的三枪 宜而爽 到工作后的CK Armani Paul Smith 更后来尝试的欧洲和国产的小众品牌 穿到现在总结下来的经验就是 好的面料又不容易变形的内裤 真的是要多花一些钱的 那些逗趣的图案或者明显的品牌标识的 穿来穿去都是会放下的

脱到最后一件的时候 真的就好好做自己吧 那一条内裤就不要“花太多心思”了

质地舒适 简简单单 舒舒服服 干干净净就好

[2017年3月10号 《陪》系列 不适合电子书]

电子书刚出来那阵子我就买了 当时只是在旅行中看到朋友用 觉得特别高级 特别酷 买了之后没怎么用 旅行的时候 还是习惯带两本书在随身行李里 即使有时候 旅行过程中完全没有翻看 但口袋里有一本书 总是觉得踏实的

真正开始用电子书是去了伦敦以后

那时候上插花课每天早上从伦敦东区坐地铁去 斯隆广场 尽管不用换车但单程也要半个多小时 开始的时候读一本薄薄的 房东留在房间的 波兰女作家关于女权主义的散文集 后来

没得读了 翻出来了电子书 充上电 下载了几本书 就一发而不可收

短短时间 读了几本书

吉本芭娜娜的《满月》
村上春树的《雨天炎天》
汪曾祺的《无事此静坐》
莫泊桑的短篇小说集

放学后在拥挤的地铁里 左手扶栏杆 右手捧着大把花束拿着电子书 觉得很幸福

后来认识了 莎士比亚剧团的领导 看很多剧 于是下载了《麦克白》和《罗密欧与朱丽叶》

在车上恶补 看到 茂丘西奥说 “爱是一件温柔的东西 要是你拖着它一起沉下去 那未免太难为它了”觉得很对

离开了伦敦 经常在墨尔本和上海之间往返 有一次在上海拍摄一个做饭的视频 我们租的屋子里有很多书 拿起一本《浮生六记》看 那个作者翻译得很温柔 看得入了迷 走的时候很想把书带走 后来忍住了 去香港的时候 花了三个小时走

了几个书店也没找到那本 最后只好买了一本 三民出版社 翻译的版本

再之后旅行就很少带书了 一本电子书 轻松上路 之前在飞机上 大吃大喝使劲看电影电视 现在变成 带个枕头登机 睡觉吃饭 看一部电影 剩下的时间都在读书

我看书喜欢做笔记 拿一支笔写写画画 电子书也满足了这个需求 看到喜欢的部分 可以直接勾画出来 也可以做笔记

最新买的Kindle 还能看到别人的笔记 只是有的时候觉得奇怪 很多时候自己觉得平淡无奇的一句话 却被很多人标注起来

当然还延续了读书时候的一些毛病 看到的话 不用笔写下来 总觉得不对劲 觉得它们还停留在电子的世界里 没有来到春风和煦的生活中

所以每个月 我总要找几天 把电子书标记的部分 抄在本子上 这样才觉得 安心妥当

前几天 和一个工作伙伴见面 她问我 五十年后希望我的生活是什么样子 我想了想说 有房 有车 和喜欢的人一起生活 可以继续写字 有时间读书

昨天 在亚马逊（amazon平台）上找到了 我喜欢的那个版本的《浮生六记》很开心

[2017年3月19号 Hello]

连去了两晚 Adele（阿黛尔） 的演唱会 跟着合唱的 坐着哭的 站起来使劲鼓掌的 今年不想再去听谁的演唱会了 / Adele用数字给专辑命名 我觉得这个和《陪》系列一个道理 不知道 她会出到多久 我也不知道 《陪》系列 七本出完以后要怎么办 / 明天回上海 希望这一次能行 总觉得 这次要是不行的话 以后 估计 没有力气 或者脸面喜欢谁了

[2017年3月22号]

昨晚到了上海 今早用叫车软件 叫到车以后 司机竟然发了段语音过来 确认位置 我竟然还能语音回复 定位也特别准 上车以后 我坐在后面 然后车里有个声音说 “后排也要系安全带 这个小伙有点帅” 我吃惊地想 叫车软件还在车里装摄像头了吗 / 国内好摩登

[2017年3月23号]

最近非常开心 却又经常想哭

[2017年3月24号]

早上在家吃 结果你 又是碗放盘子上 又是叠纸巾 插花 弄得像饭店一样 你真厉害

[2017年 恋爱日志 一 / 头发真的是麦田的颜色]

第一次见面很短暂 聊天内容也没有什么新鲜 说说工作旅行学习经历什么的 我说我是做广告的 你说你是建筑师 两个人都有所保留 在你选的日本饭店吃饭

你选的面 我选的牛肉饭 两个人先后都喝了鸡尾酒和啤酒

因为我迟到了 趁你上厕所的时候 我把单买了 后来我回到酒店 你从微信上给我转来一百五十块 说我该付的 我惊讶你这个老外 来中国一个月就会用微信转账了 我感叹真厉害的同时 也有点难过

因为我这个人和别人约会 如果对对方没意思 是一定会AA 或者请客的 所以我问 你是不是不想再见了 你回答 当然

不是 只是不想给你留下坏印象 我说好的 收了钱

后来我就把这件事忘记了 说实在的 第一次见面我对你印象不是很深刻 对你的喜欢是之后越来越深的 上海的工作完成 我要回墨尔本了 半夜十二点的飞机 要走的那天 你发消息过来说 今晚有空吗 要不要一起吃饭 我回答说好 我想吃火锅

看你这人蛮害羞 矜持的 没想到还挺会聊天 吃火锅的时候 你问要不要我们每个人说自己的两个优点和两个缺点 具体说了什么我记不清了 估计缺点我说了些无足轻重的 比如很懒 不上进之类的 然后你说 I always feel like I am at the wrong place（我觉得我走错了地方）那个刹那我开始觉得你挺特别的

然后就要加Instagram 加了你的一看 原来你是哈佛建筑系毕业 我说小样儿还留一手啊 你笑说 你不想第一次见面就说这些 显得很肤浅 你问我为什么你 Instagram上有这么多 粉丝 我心想这算啥 我微博上有快三百万呢 但还是很含蓄地 随口说 我给《芭莎男士》写专栏 有一些人在看

那天吃得很开心 饭后你请我喝了咖啡 问我之后去哪里 我说航班是半夜的 可能去做个按摩吧 你呢 你说你准备回家

但是我可以送送你 走着走着就出现了个地铁站 我们说再见 两个人都若有所思地抱了抱

去按摩的路上 我给你发消息说 我刚刚想亲你 没好意思

你立刻回复 我也想亲你 但不确定 你（我）是否好意思

后来我们更了解了彼此的时候 有次喝酒你和我说 第一次见面的时候 你来晚了 穿了件蓝色带棕色点点的毛衣 特别好看 那件毛衣我有件挺像的 但是没有你那件好看 还有 我们一起聊天的时候 我在想 这个人真的这么有趣 有礼貌 还是装出来的 我说真的哦 我当时一点没有察觉出来你在分析我 而且你当时说的东西我都信的 你尴尬 说你不是不信我

我问你 那你是什么时候开始觉得 对我认真起来的 你说 第二次约会以后 我回家翻你Instagram上照片插花的作品 觉得你心里有美 也有爱

我心想 伦敦真是没白去

你又问我 你呢

我说 你说你总是开心不起来 觉得自己在错的地方的时候 我说我就喜欢别扭的人 你笑

[2017年 恋爱日志 二 / 我好像点了 麻婆豆腐]

你去年十一月因为工作来到中国 我十一月末因为酒店的工作去三亚 又因为Hout &River 的拍摄去了上海 我们第一次见面是十二月初 吃了火锅以后我就回墨尔本了

我的公关小茫说Tiffany问我你十二月末有没有空 我说没有 你在墨尔本 结果后来才知道他们想送你王菲演唱会的票

我激动了 说我要啊 为了王菲我可以再回来一次的 她问真的吗 你要特意飞回来看演唱会 我说当然啊 王菲哎 可是 她说 我问问 然后我就以为这事没戏了

回墨尔本 过了一两天我去对面市场买了一箱子菜 回家做饭 忽然想到了你 于是拍了张照片发给你说 我在家做饭 你好吗 你说 你在鲜花市场 买礼物准备回北欧过圣诞节 我问你要买什么 你说你妈妈要假的圣诞树 我说天啊 你可是来自北欧 天美地美 到处都有树 结果你要扛一棵假圣诞树回去 我真的搞不懂 你笑

过了几天 小茫给我发信息说 弄到票了 你准备回来吧

我在墨尔本有个 澳洲的好朋友叫Wg 我一直觉得他是个

特务 他们家之前是个世家 那个《戴珍珠耳环的女孩》 就是他爷爷的爷爷什么的画的 他西班牙血统 他们家族带了一大笔钱去了荷兰 后来被封了爵士之类的 世世代代都没有怎么工作 去哪里都坐商务舱 头等舱 我在上海通过一个朋友认识他 那之后基本上就没有再飞过经济舱了 他总能帮我找到很便宜的机票 或者弄到合算的点数

买了机票告诉你 我二十七到三十一号在上海 你说你月底从芬兰回来三十一号早上八点十五到浦东 我说我十二点二十浦东机场出发 回墨尔本 你说没问题 我们应该可以见一面 后来我把这事又忘记了

直到圣诞节 你发了一张照片给我 说圣诞快乐 照片里是芬兰湖边 有美丽落地窗的公寓 那颗假圣诞树在公寓的一角挂着各样的彩灯和装饰 还挺美的 我也给你发了我们的圣诞party（派对）的照片 你说你特别喜欢我编的那个table runner（桌巾）

后来偶尔聊天 关于工作 芬兰和墨尔本 我还特意Google（谷歌）了下赫尔辛基的样子 像是童话里的小镇 你说芬兰的冬天特别地冷 即使白天也很暗 然后发了张照片过来 黑暗中

的冰天雪地 结果是下午两点

我回国看王菲演唱会 和小茫 Mandy一起 我们没坐在一个区 进去以后就分开了 我出去买啤酒 好多人排队 排到我的时候才知道微信支付不能用 我又没有现金和支付宝 我特别想喝一点听着王菲唱歌 卖啤酒那师傅很聪明 指着我后面的高个子女生说 你让她给你买 然后你微信给她就好

那女生听见了 凑过来 我和她说 能麻烦你帮我把啤酒钱付了吗 只能支付宝 我没有 我可以给你微信转账 她说好 结果就帮我付了五十元 我本来想扫码转账给她（微信扫码转账 似乎不用加好友）

那女生问我你一个人来吗 我懒得解释就说是的 她说我也是一个人 从北京来的 我说我从墨尔本来的 这时候卖啤酒的小哥乐了 说多好啊 你俩快加一下微信啊 于是我加了她微信 给她转了一百块说 我请你喝吧 就这样认识了个朋友

我朋友圈平时发东西没多久就会删除 不知道为什么 我发微博反倒比较容易吐露心声 发朋友圈顾虑比较多 偶尔有好看的照片发了 听听朋友的赞美 没几分钟就删除了 所以那女

生看不到什么 我看了她朋友圈 估计是个做生意的白富美 一个人从北京来听演唱会 应该是个铁粉吧

王菲演唱会我听得很开心的 如果说实话 演唱水平不如我上学期间听磁带 CD那样的质感 但是这又有什么呢 她现在也没有追求唱歌这件事 她谈谈恋爱 读读佛经 偶尔出来唱个歌 我能当着面听到 这就够了

三十号的时候 你发消息给我说你准备飞了 把航班号给了我说 如果你飞机晚点 让我不要等你 我说好的

三十一号我一早就起来了 说也奇怪 我这么喜欢卡着点去飞机场的人 那天却离开得挺早 一路顺畅 八点半就到了机场 我去柜台办理手续 先坐飞机去香港跨年 然后从香港回墨尔本

办理手续的时候 柜台服务员说 有更早的一班飞机十一点出发 我算了下和你如果喝个咖啡的话十一点走也来得及 这样可以早一点到香港 入住我喜欢的那个山景酒店 于是就改了机票 下楼等你

结果你的飞机晚点一个小时 你落地后发消息给我说 不好意思飞机晚点了 你在哪儿

我说我在抵达2号口等你 没事不急
你发消息说 很抱歉让你等这么久

其实我觉得没啥 听着歌在门口等你 出来的芬兰人都好高哦 只见你推着行李从里面出来 看见我的那一刹那 你行李忽然掉了一地 你尴尬地朝我看了下 快速地把它们放回推车

我们见面抱了下 你看着很棒 你和我说 我们可以去那边咖啡厅喝个东西 或者去吃点啥 这时候已经快十点了 我坦白和你说 其实我以为 你应该很累了 我们见面就喝个东西 有一两个小时足够 我把机票提前了 没想到你的飞机延迟 现在时间有点紧

你问我那怎么办 要么快速地去喝个东西 你送我出关 我说我还是把机票改回去吧 想多和你待一会儿（没看到的时候没啥 看到了 比上次又多喜欢一点）我问你会不会很累 你说没事 只要你愿意

然后我们就拖着行李坐升降梯上楼了 电梯里就我们俩 我俩站得很近 你盯着我看 眼睛和表情都散发着你想亲我的信息 却没有任何行动 想你坐了那么久飞机怪累的 还是我主动吧 于是凑上前去亲了你 电梯开门的时候我俩赶快分开 走出去的时候对看了下 还有点不好意思

机票改回十二点多 我们一起吃了午餐 我送你下去打车 升降电梯一关门 我俩赶快又亲了起来（写到这里我也是有点不好意思的） 电梯打开有人在外面等着 走出电梯的时候 我开玩笑缓解尴尬气氛说 升降电梯真的很实用啊 你笑

把你送上出租车 我回去楼上出海关 这时候收到你的消息

你说 旅行愉快 能看到你特别开心

我回复 我也是 新年快乐 Have a great 2017

[2017年4月3号 准备搬回来 上海了]

换个城市生活 哪有那么简单 让它变得可行 还不是都因为你们

[2017年4月6号]

这人间啊 是四月的天

[2017年4月7号]

阿姨说你不好看 我差点在家和她打起来

[2017年 恋爱日志 三 / 把脸埋在你颈间心想 可算没白来]

年初的时候 为了Hout&River 要去巴黎参加国际内衣展在上海转机 Wg帮我订机票的时候说 从我抵达上海到再继续飞巴黎有四个小时的空隙 我要是想见你可以出关

我自言自语 去市内往返就要两小时 两个人见面时间估计就半小时 觉得有点扯淡 Wg说 如果我觉得你对我来说很特别的话 就应该珍惜每一次见面的机会 我想了下觉得还是不可行

这期间 我们还是偶尔发消息 你说你去看了安迪·沃霍尔的展 觉得不错 我说不久前 墨尔本有个 安迪·沃霍尔和艾未未的联合展览很受欢迎 但我觉得他俩都不是什么好东西

我和Harry Jess 去新南威尔士 Ziyin的家里度了周末 发了一些照片给你看 你说觉得新奇 总是忘记我在夏天 你在冬天

有天你发来一张璞丽酒店大堂的照片 横平竖直的 一看结构就是建筑师拍出来的照片 你说你在这里和朋友喝酒 忽然想到我 （因为我每次在上海都住璞丽 我们第一次见面以后从日本饭店出来 在这里喝的酒）

我看着那照片 忽然问你十六号晚上有没有空 我说我去巴黎 会在上海机场有四小时空闲 你要是没事我可以去见你 你说你可以确保那天没事 问我说 但你真的要来我这里吗 时间太紧 再说你错过飞机怎么办

我说我想想吧 飞机只要准时抵达上海我就去 你说好 你会把那天空出来在家等我 然后你发了一个微信定位给我说 这是我的地址 我查了下 从浦东机场T2 过去一个小时

十六号飞机到上海的时候晚了一点 我发消息给你说我到了 你问 你来吗 我回答说 来

坐上出租车 去你家的路上 给你发消息说 希望我俩以后

的见面会越来越简单 你笑

你下楼来接我 一见面我说的第一句话就是 我们只有四十五分钟 你说好 我会确保你按时离开

进了门 我想你应该转身就抱住我吧 结果你却礼貌地伸手接过我身上的大衣 去楼上挂了起来 北欧人真的好难懂

第一次到你家 这栋楼是工厂改造的loft（跃层） 层高有四五米 你家干干净净 一尘不染的 很像我在建筑杂志上看到的房间 一时间忘记自己在上海 小餐桌上 你已经准备好了酒杯 洗好了水果 又从冰箱里拿出准备好的 奶酪拼盘

我在你家一点也不会觉得不自在 一边喝酒吃东西一边聊天 你说你有点嫉妒我可以去巴黎 这时候我才知道原来你会说四个国家的语言 除了芬兰话 瑞典话和英文 法语也很顺溜 在法国住过一阵子 你说了几个巴黎你喜欢的地方 我一个都没听懂

去了你家的厕所 那是你家我最喜欢的空间 明明都是水泥的构造却暖暖的 也有水泥做出来的下嵌式的浴盆 浴盆的上面有个天窗 你的东西很少又整齐 这点我很喜欢

时间到了 恋恋不舍地和你道别 在出租车里 我发消息问你 刚才你提到的 喜欢的巴黎的地方 你发消息给我说

Le Jardin du Luxembourg（卢森堡花园）

我说 谢谢 glad I came（很高兴我来了）

你说 Have a nice flight. I was happy to see you.（一路顺风。我很高兴见到你。）

然后发了个小鸭子的表情 从这一刻开始 我动不动就收到你发的动物表情和照片

我很喜欢它们 感觉像是小狗被喂了零食

去机场的时候我睡着了 醒了的时候 有口水滴到衣服上

擦干净 付了钱 就准备去巴黎了

[2017年　恋爱日志 四 / 我知道你为我好 但我控制不住倔强]

一早就到了巴黎 外面的天还是黑的 我的Airbnb（爱彼迎）要下午两点才能入住 我在巴黎的好朋友蛋扭和我说 你出了机场 直接来我家吧 怪冷的外面 看看我们一起去吃个早饭

等行李的时候 和旁边胖胖的一起坐商务舱的女生聊天

她住在巴黎 在国内做生意 说她投资影视 说她们最新投的《如懿传》

我眼睛一亮 说 我爱周迅 问她什么时候会上 她说2017年年底吧 然后她问我做什么的

我说 我设计女士内衣的（这么多年下来 我已经习惯了随口编职业）她说 男生设计女士内衣 好酷哦 我说是啊 我很喜欢 她看了下我要去的地址 说你打车过去就好 很便宜的

到了蛋扭和果味家 天仍然是黑的 他们的家上下两层 东西满满的 有种莫名的甜蜜 蛋扭是我在Tiffany上海一个活动上认识的 记得那天他脖子上戴着一把T的钥匙 笑眯眯地走了过来

我当时还不明白 甲方 乙方 公关公司这些角色 心想这人谁啊 看起来有点贱 他深一句浅一句的 我被他逗得傻呵呵地笑 觉得亲近 后来证明 直觉挺准 我们成了很好的朋友

尽管他身处公关公司 和各种人打交道 游刃有余 风情万种 却有赤子之心 他说的东西我都信 认识了很久 他笑起来还是贱样 但我越来越发现 他不笑的时候非常优雅 他超级聪明 又博闻强记 和他在一起的时候我就很开心 总是傻呵呵

地笑

可能是我飞太久 有点飘 一到他家就出洋相 先是接过他递来的点心盒 直接读出来 芝红土豆 （明明是芝士红豆） 然后 他和果味说 给尼尼弄点喝的 我连忙说 不用不用我喝热水就行 结果他笑得不行 （原来他们家的猫叫Ninja）反正在他面前 我经常显得很傻

看展的前一天 我真的和小茫还有 蛋扭去了你说的那个公园 蛋扭为了带我去公园 没去看果味给许魏洲拍照 见面时候还给我们准备了甜点带来 你说他多够意思

在公园里 我拍了张照片给你 说我来了巴黎你最喜欢的公园 它现在这个样

你回复说 叶子都落光了
你一定感觉很失望吧
我说不会 我很开心能来这里
然后发了张和朋友的照片给你

我说我回去的时候会在上海住一晚上

然后一早飞大连过年
你说puli挺贵的 你就住一晚上
可以来我家

我问 会不方便吧 你说 没事 如果你想
然后我说 好

冬日里 喷泉里的水结了冰 我们仨坐在旁边的椅子上晒太阳 小茫问 你干吗笑得那么开心啊 我答不上来

国际内衣展没有我想的那么精彩 最棒的是看到很多好的面料 品牌和设计方面 只有零星的喜欢 在一个男生内裤品牌的摊位上看 我很喜欢上面的涂鸦 充满童趣 氧气的女生和她聊了几句 她竟然送给我一条

也见到伦敦一起合作的设计师Damaris 她说 Anthony我们上次合作那么成功 你要是有什么新的想法告诉我 我们继续合作啊

我说 我想想 我说我开始做自己的品牌了 做中性款式 简洁舒适的内衣 她说 那不冲突啊 我们可以做蕾丝的 性感有趣那种

晚上Daini还有氧气的女生们请Damaris团队 来我们巴黎的住处喝酒 谈合作 顺便谈Damaris伦敦公司担保我 英国工作签证的事情

我离开伦敦的时候 是准备回去的（后来我一直怀疑 小托卖了房子去伦敦 很可能是因为以为我会长期在那里住）在伦敦认识了 一众好友 再说找对象也没成功 打算回去再试 临走时 还把一个行李箱放在森森家 说 年后就回去 没想到就认识了你

结果二月份年后 英国公司问我要资料 准备送签的时候 我和他们说我有了个工作 不能回去伦敦了 就把签证的事情停了 本来也许可以拿到英国绿卡的

后来我们说起这事 你问我 刚见面时候 你说起你要去伦敦工作 后来怎么不去了 我开玩笑的口气 说 认识你了就不去了呗 你笑了 我不敢抒情 也不想说得太深 我们认识没多久 不该给你压力

但说实在的 我觉得很对不起我伦敦的朋友们 我也很想他们 今年一定要找时间回去一次

话说那晚 Damaris她们走了以后 我们几个把蛋扭和果味叫来一起玩狼人杀 玩得特别开心

后来蛋扭发朋友圈说 教会安东尼玩狼人杀 但我觉得我们的“老谋深算”特别不地道 因为他根本不会说瞎话 却又特别投入热情和兴趣 真的好善良好励志

我发消息给他 说 谢谢你把我说得这么好

他回复说 其实我想说的是 玩狼人杀 你心有余而力不足

我笑

通过蛋扭的介绍 我认识了Dior巴黎总部的Kurtina 幸运地被邀请去Dior Homme 的秀 座位也很爱B6 12

早上翻出来《陪安》的《红》看 日记里写着 怎么在家里 蹲椅子上看Dior的男装秀 立志以后有钱了要买一套

觉得很多事情都是命中注定 你说怎么多一天不多 少一天不少 正好十年前同月同日

去Dior店 本来以为去拿票的 结果店里好几个人在那里等着 还配了裁缝师傅 我心想 这是非买不可了 看样 本来打算试一圈 买件衬衣就好 有件深蓝色羊绒的西服上衣我非常喜欢

经理看我穿上身 问你喜欢吗 因为这些衣服都上万 我不想买 于是找借口说 试下来我最喜欢这件 但是喜欢新款西装的银色扣子

站在一旁据说是Dior特级裁缝说没事 我可以把那个扣子拿下来给你换上 我心想 一下子变高定了

事已如此 我只能潇洒地拿出信用卡来 没有半点迟疑

第二天早上 起来看手机 尝试怀孕几次的朋友终于生了个小女孩 看着小朋友的照片 哭了出来 起来上街给她买了礼物

小茫做我公关一年多了 把我的事业安排得非常好 也为我操了很多心 我心里感激

有次我们出去参加活动 她穿一双国产高跟鞋 下面的红色不正 这个粗心的家伙 标签还留在上面 在前面风风火火地走着 于是在巴黎我带她去那个红底鞋的店 买高跟鞋 碰上打折给她买了两双（不知道为什么 后来也没见她穿过 可能太不舒服了）

准备离开巴黎的时候 蛋扭约去他家吃饭 他来巴黎学厨师 已经一年多了 其间做了个非常用心的公众号叫 法范儿 其实在我心里 蛋扭就是法范儿 他那天的东西都很好吃 一起吃饭的朋友也有趣 菜单我收了起来 舍不得丢 一直带回了墨尔本

巴黎之行 就这样愉快地结束了

[2017年4月12号]

谢谢 所有祝愿还有礼物 / my kind looking friends（我善良的朋友们）/ 许了个愿 估计要成真

[2017年4月12号]

十一年零一个月前
我收到快递 我的录取通知
从那一刻起 走过的熟悉城市
变成 飞越的陌生国度
之前觉得家乡很大
现在觉得地球很小

一晃十几年
因为学习去了不同国家
依旧未离开墨尔本
从留学到生活异国
我想 如果没来墨尔本
人生应该完全是另外一个样子吧

[2017年4月13号 热搜 十有八九都很无聊]

有一次我们一起参加一个 公益活动 活动开始之前 我和很多明星坐在后台 准备上场 没记错的话 有个中年男的 腿脚不方便 满头是汗 面色焦急地在后台找人 他说话不清楚 大家都很忙 没人理他 我们都能看到他 我在想他是怎么了 但什么都没做 这时候白百何 站起来 走过去 问他 需要什么帮助吗怎么了 原来 接下来要表演的是个有自闭症的 小钢琴家 这个男的是他的钢琴老师 好像舞台设置有问题 他很着急 后来白百何 帮他找到了负责现场的人 才回来坐下 / 后来偶尔听到关于她的八卦 可能有些也是真的 听听也就罢了 但我都会和他们讲这件事

[2017年4月16号 一辈子 好长啊]

寂寞让人 盲

思念让人 慌

[2017年4月24号]

凌晨《绿》终于整理结束 过去三四年 一直到伦敦生活之后 各种点滴 心有戚戚 心情愉悦 也有各种感慨 还是那句谢谢

[2017年4月26号]

之前总穿饱和度高的颜色 红绿黄 觉得鲜艳欢快 现在穿的衣服 基本都是不饱和的灰和蓝 不论什么颜色 都有点发白好像被时间洗过一样 我那天拍 Hout&River 照片的时候在想不饱和挺好的 会一直觉得可以爱你 再 多一点

[2017年4月27号]

送快递的师傅 问要不要帮我把垃圾带下去 我说谢谢不用 / 他走之后我赶快去洗手间照镜子 看看自己是不是变成宅

男的样子了

[2017年4月27号]

过去几年 写了很多字 有一些从心间到笔尖 变成了一颗颗星星

[2017年5月 《芭莎男士》 专栏]

过年的时候和 Mr Porter合作做了个线上的推广 他们香港的人很可爱也很有效率 短短时间内选了适合我的八个look 从伦敦寄过来六箱子衣服 总价值差不多有十几万 衣服很合身 拍摄也很顺利 我自己从来没有穿过那么贵的衣服 也没有穿得那么好看过 照片出来了 客户也非常满意

不过有读者在微信推送下留言说 好看 但买不起……

那有没有 不用花很多钱 就能穿得好看的办法呢 这里和大家分享一下我的做法 也不一定全对 但肯定有几条适合你

进入夏天和冬天的时候 我都会和家里打扫的阿姨一起整理一下衣橱 现在要进入夏天 冬天的毛衣都会卷起来放到箱子

里 大衣和厚的西装套好放到柜子比较深的地方挂起来 把夏天的衣服拿出来 放到外面 很多人觉得我会穿 不怎么穿错 其实我的办法很笨 就是在家多试 多搭配 每次整理衣柜或者 长途旅行之前 我都会在家试将近一个小时的衣服 试衣服的点不是穿上以后照照镜子就完事了 要注意什么衣服已经不适合现在的体形了 哪件衬衣衣袖短了 单独穿可以 不要和西装搭配穿了 哪些衣服去年没穿过 今年试了还不想穿 就赶快送人或者捐掉 你越了解你的衣服 同时 衣柜越精简穿对的可能性就越高 就好像 做对错题肯定比 做多选题成功率高 而且 你花一个小时预习 考试时候也会下笔如有神

不论是T恤 还是衬衣 polo衫 掖到裤子里总是比拿出来精神 看起来有档次很多 我记得上幼儿园那阵子 夏天我妈给我洗澡 擦干身体以后总喜欢把我的T恤掖进我裤子里 然后把我头发往后梳得整整齐齐的 在我脑门亲一下 一脸对这个作品很满意的表情 然后我就下楼和小朋友玩 一边拨乱头发一边把衣服拉出来 觉得那样才舒服 后来上了高中大学 衣服也放在外面 觉得那样才青春 现在过了三十 才发现我妈是对的 放进去才高级 / 不光要掖进去 卷上去也很重要 看了 Dior and I了吗 里面Raf那神经兮兮的样子我不是很喜欢 觉得很辛苦 那个Pieter太可爱了有没有 又甜还温柔靠谱 感觉是那种按时交稿

的人 他穿白衬衣恨不得把袖子卷到肱二头肌上面 看起来利索又少年 这个纪录片对我最大的影响就是本来已经卷上去的 衬衣又往上走了几厘米 当然除了衬衣 T恤也可以卷 只要往上卷一圈 肌肉就看起来大了一点 像我这样的瘦子 都是靠这样来骗人的 裤子也可以卷 但是我目前还不得要领

要有一个裁缝 我在墨尔本有个好朋友子音 她是中国文艺界大户人家出来的 她老公是澳大利亚最大百货公司家族的后代 可以说是强强联手了 子音很风趣 而且她的衣服珠宝都恰到好处 不骄不躁 有次我们一起出去开会 她说 你这件西装挺好看 你裁缝是哪里人 我当时年少无知说 我没有裁缝 但我是模特身材 去店里买来基本不用改 她当时笑 说她们家有个裁缝用了十几年了 现在回头看 当时的反应真的很蠢 其实不论你是什么身材 就算是模特 也要有一个裁缝 才能把买到的衣服变成你的 一个好的裁缝 好像是一个魔法师 可以帮你在每一件衣服上 贴上你的名字 这名字别人看不到 但能感受到 有次我在上海买了个Jil Sander的裤子 长了一点 回家时候发现我们小区门口有个做西装的店 进去问师傅能不能帮我收裤腿 师傅说他是做西装的 我这样的活儿他不接 我很有礼貌地和他解释说看他这个店特别靠谱 就算修裤脚这样简单的活 如果给没有经验的人做 很容易一条裤子就废了 师傅听了开心起来

答应帮我改 找钱的时候我说不用了 谢谢你帮我弄 特别喜欢后来我和这位师傅成了朋友 路过都打个招呼 有几件衣服也拿去改了下 上周还去定做了件西装

要根据自己的身形穿衣服 如果你是标准倒三角 就可以多穿收身的衣服 显露线条 如果是方形的身子 衣服可以适当松一些但也要合身 腿美又长 就穿膝盖以上的短裤 大腿比较粗 多穿直筒 或者 萝卜裤 总之 因人而异

其实不花钱 就能穿得更对 变得更美的方法还有挺多的比如正确地洗衣服并烫平 比如 从自己下手 健康饮食 注意个人卫生状况 比如健身 比如坐站的时候挺胸抬头……

夏天要来了 共勉

[2017年5月6号 Owen生日快乐]

小茫说她睡得不好 我约她在我的瑜伽会所 做个放松舒展的瑜伽 最后一个姿势 要倒坐在椅子上 背向后弯 肩挨着地面靠枕 收下巴 抬腿 休息结束后 用腹部力量坐起来 结果她用错力 整个连着椅子翻了过去 我没控制住 捂着脸 笑了出来 然后 她爬了过来 一脸认真地和我说 我觉得 我和瑜伽八字不合

做下犬 老师过来指导 说我脊柱有点弯曲 问我做什么职业 我莫名其妙说我是作家 明明平时我都说我是做广告的 结果老师和一屋子女生说 大家来看看这个作家男生 他的脊柱这样就算弯曲的 你们都来摸摸 正在做下犬的我 很尴尬 / 我很好奇 高温瑜伽 男生把上衣脱了 同一节课的 女生会介意吗

[2017年5月7号]

为了谈恋爱 回上海一个月了 刚刚我墨尔本的朋友们在一起吃饭 可能喝醉了吧 拿着一个人的微信 挨个和我讲话 说要说说对我的第一印象 从走路摇摇晃晃像喝醉了 到 特别好就是不靠谱 到 总是爱迟到 约你都要提前一小时 到 第一次给我送餐 我好像给了小费…… 听着听着 在上海的出租车里 哭了出来

[2017年5月10号]

受邀体验爱彼迎新产品 化了一个昆曲小生的妆 / 晚上躺在床上睡觉 听着底下地铁穿梭过去的声音 外面野猫发情如婴儿哭泣的声音 心想我又住回上海了 非常安心

[2017年5月14号 我在国内没开过车]

回农村家里 早上 我妈带我去赶集 上车后我妈也不开 开始给我讲家里的事 我问她为什么不开车 她说你不知道车子启动要打火一阵子吗 要等到指针到1才能开 我说我不懂 我妈说老司机都懂……

[2017年5月19号 你可以养我吗]

一

法国有好多艺术展览 艺术品的三种气质 长久的相信 长久的精神 唯一的笃定

这就很像被歌颂的爱情 爱一个人到了艺术层次 就算进不到橘园或者奥赛 估计也会有人投来如同探求被历史承认价值的艺术品时的眼神 莫测高深

感觉他突然就能扬起头说 你们已经被宣告纳入×× 流派 ××主义了 You may kiss the bride[①]

二

“To you, I am nothing more than a fox like a hundred thousand other foxes.

---

① 你可以亲吻新娘

But if you tame me, then we shall need each other.” [1]

她住在非洲沙漠中抬眼才能望见的那颗星

她骄傲自尊自相矛盾 可是比皱皱巴巴的虞美人要美丽

她说谎吹嘘虚荣脆弱 表面跟你们没有不同 却比你们五千枝玫瑰更加温柔

她是我用心浇灌的

“To me, you will be unique in all the world.

To you, I shall be unique in all the world.” [2]

三

爱情来得太快 快得都不能反复确定 心情更换得也快

太快的东西都没办法积累感受 不是不纪念 而是心里留了更多位置给往后 留给了想象里美得不可方物的未来

有些东西的确够得上是向往 但是在向往的路上 发现了一个这么好的自己 其实不是未来 而是过去给你的

相遇 相恋 一起奔跑了很长 谈了一生 或许爱情不是静止

---

① 我对你来说，也只是一只狐狸，和其他成千上万的狐狸没什么区别。不过，你一旦养了我，我们就会开始需要对方了。

② 你对我来说，就会变得特别。我对你来说，也会变得特别。

的 无法生根 就像很多人也在漂泊的常态 能动的时候 就往好的动 幸好人们心有向往 心地善良

四

我们约定啊 爱 这件事 你一旦说出口就要认真 如果不能负责就选别的词 这样确定心意就会变得简单明了

相互喜欢的人能在一起 单恋的人发现对方没有回应 也收到明确的指示 彼此坦诚相待 世界和平

我喜欢你 / 我也喜欢你
我喜欢你 / 再了解了解吧

喜欢那些不守规则的人真是平添烦恼 花在更有趣的事情上不好吗 我打赌那些不守规则的人也不会好好恋爱 但我知道你一定放不下自己的那点小心思

五

爱你还是 先爱自己 我觉得我特别爱你的时候 不会想自己 爱你的每一秒 孤单又甜

你不爱我的时候 我可能还是爱你 同时爱那个曾经的自己

他又可爱 执迷不悟 又不可复制 其实谢谢你的体贴 这些日子 天又蓝又晴

六

如果有哈利·波特的隐形斗篷 就可以大摇大摆地跟着但是你在我前面大约三米 我有点鬼鬼祟祟的 还好路上人很多又是周末 我就慢慢地 等待时机

《挪威的森林》里面有一页 内容是绿子爱情萌芽理论她说如果说想吃酥饼 对方就气喘吁吁去买 结果她说不吃这个丢出窗外 对方就说是我不好 我应该想到 要不再去给你买点别的 绿子说 那我就好好爱他报答他

我觉得可爱 如果你觉得他可爱 用全世界只有你们俩懂的比喻告诉他 像大风憋红了脸大口吹落花瓣直到吹出新芽一样可爱 这样当风吹起头发都会觉得甜蜜

[2017年5月22号]

你总是醒得很早 在床上看新闻 我和你道了早安 就又睡

着了 再次醒来 你笑着看我 用一朵花开的力量 亲了下我额头 我抱住你 用我的膝盖顶住你的膝盖 什么都没说 心里默默许愿 我们可以一直惺惺相惜

[2017年5月23号]

你不要笑 / 因为粉丝质量高 文案也认真 很多公关公司很喜欢也照顾我 之前 在墨尔本还好 现在回来上海 大家都找了过来 非常感谢 / 但同时也知道 个人账号 发太多广告不好 以后尽量控制 / …… 所有收入 会拿出来一部分 种树

[2017年5月24号]

妈说 我小时候很喜欢吃鱼眼睛 家里当时并不宽裕 在市场她看到有特别新鲜的鱼 眼睛是透明有神那种 就会买一条小的 她给我比量 只有手掌那么长 她说 即使是一条小鱼 回家也会 葱姜蒜一起 认认真真地帮我炖一下 / 上周回大连 觉得爸妈在农村买东西不方便 我给妈妈手机充值 带她在淘宝下单 买了保养品 / 手把手地教她 我妈前天发消息给我说 东西都收到 特别好 / 记不清 从什么时候开始 我不再吃鱼眼睛了 但一直记得 妈妈较真的爱

[2017年5月25号]

昨天晚饭的时候 谈到梦想 我说我没有什么远大志向 你忽然认真起来和我说 你写书 被这么多人看到 喜欢 这会影响他们对这个世界的看法 如果你确定自己是个好人 就是在做一件很棒的事 …… 我不知道怎样回答 对你笑了

[2017年6月2号]

平时皮肤都不错 只是要见喜欢的人之前 偶尔会有问题 这次 签售之前 忽然 嘴唇起水泡 脸上起痘 / 你看 见你的心情 都快要跟 见恋人差不多了 / 涂了很多药膏 还没好 明天相见 不要见怪

[2017年6月3号]

书店的人说 这一批来签售的长得美 有气质 素质高 / 同行的博集同事说 像作者 我点头说 是的

今天好累 准备睡了 / 谢谢你赶来 四目相接的时候 我心里有感动 / 希望你们 喜欢《绿》

[2017年6月6号]

老板生日请吃饭 我喝醉 / 祝老板生日快乐 佩服你 也感激遇见你

[2017年6月7号]

好朋友和喜欢的人 习惯用的香水味道 都变成一种信号可以让我一下子想到他们 / 后来习惯用Diptyque的香氛 每个住过的地方也有自己的味道 墨尔本的家 是希腊无花果的味道成熟却不甜腻 那时和朋友穿过 海边居民区后院小巷 有巨大的无花果树伸出来 熟透的果子掉到地上碎掉 满是香气 我跳着摘了很多果子 分给大家 从中间剥开只吃肉 外皮扔到草丛里 我们说说笑笑去海边

在伦敦东区 搬进去的房子是地毯 总有我不喜欢的味道于是 去买了 圣日耳曼大道34号 是肉桂 丁香和柑橘味道 那时候是春天 英国的花园都很美 经常能看到大簇的白色丁香 我用香水不用花香 总觉得太少女（尽管 我也没有多man） 但白丁香我不排斥 上插花课的时候还特意买了一瓶白丁香的香水总觉得像干干净净又不入世的骑士 那个香氛蜡烛 放在厅里客厅和厨房是一起的 肉桂和柑橘的味道很贴切 给我一种 在

伦敦住了很久的错觉

现在搬回来上海 经常去那谁家里住 朋友送全新扩香精让我选一款味道 我记得那谁说 喜欢上海 但住久了就会怀念一望无际的感觉 说赫尔辛基有大片森林 等黑莓 蓝莓成熟的时候 他们就去森林里摘 回来做果酱 浆果的颜色染到手心里要好几天才能洗掉 于是我就选了浆果味道的 打开包装 把它拼装在一起 好像一个时间沙漏 一端是北欧一端是上海 有的时候 旅行回来 你还在上班 我在家泡澡 天窗有光投射下来 我闭上眼睛 把后脑勺枕在浴池边上 深深呼吸想象孩童时期的你在树丛里 找蓝莓的样子 就这样 这个味道变成了我 上海的家的味道

[2017年6月8号 专一 是一件 很高级的事情]

签售是很累 但漫长的岁月里 牵过你的手 觉得很好

[2017年6月21号 想做 心平气和 时候 穿的衣服]

一个电话过去 请你过来喝汤 汤还要小火慢炖三个小时 时间有点长 在我们的时空里却很短 你喝了一碗 说这一碗把

夜满上了 我执意要送你回去 我们一路慢慢走着 白天十分钟的距离 到了夜里变得长了 于是从黑夜走到了白天 从晚安到早安 假装漫不经心地讲给 十分喜欢的你

之前谈恋爱 来得又快又猛 心里有七分的爱总要表达个十分 现在喜欢一个人心里有十分 却也不怎么说 只是想 慢慢地 慢慢地 把这十分攒满

可以 很快喜欢上 一个人 但是 恋爱 要慢慢谈

[2017年6月22号]

四月初的时候 我可爱的喜欢拼图的B轮室友说 你过生日我送你一个拼图吧 我想了下说 我不要 / 结果 五月拼完 今天终于挂在墙上了 她问我挂哪里 我说 熨衣架后面吧 我们在那里 熨衣服 爱情 也蒸蒸日上 她说好 / 我今天 看了下这个拼图的包装 就叫Love / 可能爱情就是 两个人 分别浇灌 一棵 互相缠绕 卿卿我我 一同成长的树吧 / 谢谢你 B轮

[2017年　恋爱日志 五 因为屁股毛茸茸的 我叫你哈利·波特]

晚上从巴黎出发的飞机 在伊斯坦布尔转机回上海 中午退房出来 之前先后送走了小茫和 氧气的女生们 在网上找了个附近干干净净的spa 去洗了个澡 做了个面护 一身轻松打车去机场 路过巴黎塔 等反应过来要拍照的时候已经晚了

英俊的司机和我聊天 他说他是从法国小镇来巴黎的 和别人合租公寓 白天开优步 我问他会觉得巴黎节奏很快吗 他说是很快 花销也很高 但是比他老家有趣 他知道我是中国人又和我说他特别喜欢武术 问我去少林寺的话 是不是可以学功夫 我和他开玩笑说 如果是老外的话 要在大门前跪上个三天三夜师父才收的 他好像信了还

伊斯坦布尔机场像个混乱的市场 我对它的印象不好 登机的闸口一开 大家一起拥上去 很没有秩序 没有座位 我在角落站着 给你发消息说 我应该下午到 会先去理个发 晚上去你家 你回复说 太好了 六点下班就在家等我 说我们可以在家吃也可以去附近吃 我说 好 我会买一瓶香槟带过去

尽管机场不怎么样 土耳其航空的商务舱却是我坐过的商务舱里 体验最好的之一 他们飞机上 配了一位专门的厨师 具

体吃的什么 我想不起来 但是记得很好吃 而且吃饭的时候 空乘会在小桌板上放一个 纸袋 里面装着 仿蜡烛的小灯 如烛火一样忽暗忽明 商务舱里没有多少人 睡觉的时候 空乘过来帮铺好了床 又把那个小蜡烛放到一边 非常催眠 那一晚上我睡得很好 下飞机前 我把那个小灯放到书包里 想说 去你家应该可以用上

回到上海把东西整理了下 大行李存在机场 背着书包去人民广场理发 收到你的消息说 你已经到家了 本来想做晚饭的 结果超市没有你需要的材料 问我 我们能不能出去吃 我说好啊 你能想到给我做饭 我很开心

到了你家 进门以后 这次你做的第一件事总算不是帮我挂衣服 两个人在门口腻歪了一阵子 我说饿了 你说附近的商场里有好吃的牛肉饭 结果去了一看 原来是吉野家 心想老外真的很容易满足 两个人 拎着外卖有说有笑往家走 到了楼下看到有个男生在楼梯上坐着

我第一反应是个 送快递的 结果你看到他后 表情尴尬 上去和他说话 先是介绍了下我 说这是安东尼 我的好朋友 今晚住我家 然后说了对方的名字 我忘记了

他看着我的时候 一脸失落 我识相地先进去楼里了 你看起来很严肃 他给了你个什么东西就离开了

后来我们进到电梯 你表情有点尴尬 和我说 认识我之前和他约会过一次 但是觉得不适合 就和对方说了 结果对方问是否可以做朋友 你说可以 然后两个人就偶尔见面吃个饭 没想到对方今天跑到楼下表白 又被我碰上

你问我 你还好吗 我说 我没事啊 只是觉得他有点 可怜在这里等了很久 又碰上我 你安静了一下子说 你很不喜欢他这样 跑来家门口等着 觉得很没有礼貌 我说你太美了 人家可能被lust或者love 冲昏头脑 也不能怪他

吃饭的时候 我把土耳其航空的那个小蜡烛灯拿出来 饭桌两三下就被你弄得像是 简洁风的高档餐厅 我们在这样的环境里吃了外带 很久不吃快餐的我 竟然觉得是好吃的

第二天早起 我准备回大连过年 春节期间你会去 越南旅行 我们相约年后上海见 我上了出租车 收到你的消息 又是一个动物图片（小狗的） 你说谢谢你过来 I had a good night（我度过了一个美好的夜晚）

然后 我就从 机场飞回大连过年了

[2017年7月1号 看到 漂亮又有趣的人 都会想到你]

我有一盆紫色的花 样子有点像四叶草 非常好看 每次很快乐地长一个月就会死掉 然后过了一两周 又开始发芽

[2017年7月5号]

在普罗旺斯 参加了各种力士（LUX）安排的课程 画画 折纸 做香皂 感觉再这样下去 要变成 fine lady（好女人）……

和给香奈儿做过纸艺的老师上完课以后 品牌总监笑着问我 安东尼你还好吗 我说这个课还好 调香师的课我也喜欢 但化妆的课 我真的一直在放空 她大笑说 也是难为你了

普罗旺斯的薰衣草田 不是我想象中的样子 远远没有 电影《薰衣草》那么浪漫 但现在回想起来 却是非常好的回忆

回到上海了 一直下雨 天阴沉沉 又闷热 一天没有出门 放了一浴盆水 加了力士薰衣草沐浴露

整个浴室有淡淡的香 味道真的是有记忆的 一下子又回去法国南部天高气爽 闭上眼沉到水底 能看到远处山顶层层叠叠的云 它们是紫色的

[2017年7月10号 宋庆龄故居在我隔壁]

和妈通电话 说我要在上海租房子 她知道价钱以后 说我浪费 说 不要想得到太多 你得到的少点 别人就能得到多点（她不知道 小茫已经叫我马不要了）/ 爸妈在农村住 我妈说前些天 她在家 眼看外面要下雨了 有个卖杏子的在楼下叫卖 家里明明有别人送的杏子 她还马上下楼买了一些 听卖杏子的人说五毛一斤 买了一块钱的 见那卖杏子的把一块钱 捋了又捋 平平整整的 收了起来 她觉得农民太不容易了 …… / 生活不错 好好珍惜

[2017年7月14号 喜欢一个人的时候 就怕他感冒]

晚上开空调睡觉把唯一一条夏天的被子贡献出来 自己盖了条毛巾 连续几晚 感冒了 热伤风……这名字也挺奇怪 不知是冷是热 / 现在所在的房间就不敢直接开空调 白天开卧室空调 晚上开厅里的……有点费电

[2017年7月18号 吃了不好的甜点之后 嘴里就苦苦的]

岁月没有静好 但还不错 / 早安 我在巴黎 越来越喜欢这里 还有这里的朋友了

[2017年7月24号]

住在早餐店楼上 有个床垫 和脖子这里分叉的床单 第一晚喝醉 开着天窗就睡了 还好没下雨 一晚上冻醒好几次 / 只能坐起身来的 狭小阁楼里 一半空间放了巨大的热水器 目光所及的两扇窗 一扇可以看到圣母院 一扇可以看到铁塔 / 旅行即将结束 准备回沪工作

[2017年8月2号]

今天忽然想到一件事 之前在墨尔本 被钱德勒催眠时候见过你 那时候在墨尔本的家里 他给我催眠 慢慢地 我听不到楼下嘈杂的车流 他问我你现在在哪里 半梦半醒之间 我说 我在北欧 一个白色的公寓里 他还问了一些问题 什么样的公寓 谁的公寓 里面有谁 我说四面都是白色 这个是我梦想中恋人的公寓 忽然那个百分之百的恋人回来了 见到我对方很惊讶又开心 但我紧张得只想逃跑 现在想起来 这个催眠真的很厉害

[2017年8月4号]

签售 胡子也没刮 脸也没洗就来了 好歹是赶上 见到了 谢谢你们等我 / 准备睡了 明天 四点就要起来飞 晚安青岛

[2017年8月10号]

为了多睡一下 闹钟定在6:39am 想着听到闹钟 起床拎包就走 / 结果担心错过闹钟 四点半起来一次 到处找手机 六点二十 起来一次 六点半又起来一次 索性把闹钟关了 起床出发 / 上高铁了已经

[2017年8月11日 clouds of loneliness]

七月末 巴黎飞东京 新签售开始前 短暂的休息

坐电车去了海边 沿着乡间公路走了很远求了签
喝镰仓啤酒吃日本料理
晚上回酒店洗漱
刷牙时候唇齿间能感觉到牙膏里颗粒破裂的舒爽
早上起来 嘴里有清新的薄荷味道
那是心情舒畅 独家的夏日感觉

回到东京 高楼林立 川流不息

所住的酒店房间 可以俯瞰东京

坐在窗前 明明这座城市之前来过 现在却觉得陌生

想象 之前来日本时的样子

那时还住在你 狭小的日本公寓里

晚上 两个人 一前一后 穿过小巷去吃拉面

然后回到你住的地方 喝啤酒 看《圣斗士星矢》剧场版

挤上牙膏 又跑去窗子前刷牙 两个人一起 心情放松

看到东京塔 上野公园 心想这城市没变 应该是我变了

变化也没什么可怕 之前温柔地对你过 那温柔还在 只是存放于记忆中了

是不是 你也和我一样 经历过 中场休息 与 温柔时刻

是不是 这种温柔力量 陪你 陪我 可以走很长一段路

[2017年8月13号 新一轮签售]

上海→武汉→长沙→深圳→广州→上海 谢谢你来 / 接下来 要用这双手 更好地记录生活

[2017年8月17号 有种乡下人进城的感觉]

过去十年 生活在他乡 没用过支付宝 现在回国 搬了新家 从早到晚 淘宝上得我好累 根本没时间吃饭 昨晚下楼 差点晕倒 但好开心

[2017年8月22号 觉得韩国明星腹肌好 可能因为他们吃烤肉太难消化]

整理新家 把没来得及寄回大连的信拿出来 读了下 收到的花插了下 收到的画摆在床头 这么多年 被你喜欢 觉得不可思议 又觉得幸运 / 在家做了热狗 蓝莓派 有了自己的厨房 可以多做饭了

[2017年 恋爱日志 七]

春节在一月末 因为你过圣诞的时候已经回过一次芬兰了 中国假期你和几个朋友相约去老挝玩 临行前一天 发给我一张你泡澡的照片 照片里能看到你的脚 还有旁边 土耳其航空的电子蜡烛 你说 春节快乐 谢谢你的蜡烛

我也向你问好 和你说在老挝旅行的时候记得拍一些照片

我从来没去过老挝 后来你真的发了一些旅行的照片过来 我拍了张和表弟们吃过年饭的照片给你 你说看起来真好吃 我当时觉得你不是真心的 老外怎么会懂东北菜

正月里的时候 Daini 来大连找我玩 她父母都在国外 我就邀请她来我家 感受一下东北过年的气息 一日三餐吃得太好睡得又足 没几天她就说她胖了 我妈带着我俩去家里附近的疗养中心泡温泉 我和她说 这个比SK-II 效果还好 Daini 笑说想搬过来住

我把你的照片给Daini看 她说好看

她问 我有没有给你发消息说想你

我说没 觉得有点肉麻 她说你既然想了 就说呗

然后我发了 I have been thinking of you（我一直在想你）

她问 为什么不是 I miss you（我想你）

我说 I miss you 感觉好像没你不行 有点窝囊和歇斯底里

I have been thinking of you 听着 自己过得还不错 同时想你

年好过 日子不好过 这个年一下子就过去了

我二月七号飞墨尔本的飞机 二月一号从大连回到上海

你说你飞机二月六号从南亚到上海 估计傍晚到 如果你想见面的话我们可以晚上一起吃饭

我说好 我那晚住酒店 你说周五你也不用上班 如果我没有别的安排 我们可以一起做点什么 我说 我的安排就是回墨尔本之前多和你待一阵子

我问你这几天都在做什么 你说看一本叫 *Engelin*的小说 我说 我在看一个叫*Flipped*（《怦然心动》）的电影

结果你的飞机晚点 我在酒店看《哈利·波特》等你 你发消息说可能要半夜才降落浦东 会太晚吗 我说要是你太累了我们就明天见也行 但只要你想来 我就乐意等 你说 你来

我拿着电子书在大堂装模作样等你 其实每几分钟就看看酒店入口 看着你风尘仆仆推着行李箱进来 我们相视一下 点头 一同笑了起来 晚上睡觉的时候 你把衣服叠得整整齐齐的 我很喜欢

第二天一早一起下楼吃了早餐 你说你有点头疼 回家一趟整理一下 吃点头疼的药 我们可以一个小时后见 我们想想做点啥 也许可以看电影 我说好

我说你头疼 可能因为我最近经常练瑜伽 呼吸有力 把你附近的氧气都吸走了

你笑 后来我选了《太空旅客》 把地址发给你 我到的时候 你已经取好票在等了

我觉得电影还不错 但觉得詹妮弗·劳伦斯 演什么都一个样

电影结束 我们走到一个公园坐了下 气氛挺奇怪的 可能两个人都不知道 下一次要什么时候才能见面了 分手的时候紧紧地抱了下

去机场的路上 我发消息给你 说 It gets harder and harder to say goodbye to you（和你说再见变得越来越难）

你说 你也这么觉得

我说 这个电影好应景啊 你知道怎么造房子 我是一个作家

你说 True! That made a smile to my face（真的，那让我开心）

回墨尔本以后 两个人就隔三岔五地聊天 基本都是报告近况 差不多九号的时候 你问我 四月有什么安排吗 我说没有

基本就待在墨尔本吧 怎么了

你说 你四月不是很忙 在想要不要来澳洲

我当时特别开心 你说 让我查查机票 现在还定不下来

二月八号的时候 你发了一个自拍 穿着雨衣戴着耳机 说这边在下雨 我当时在 户外运动 给你拍了一个照片 你说难以想象 你们那边还是夏天

二月九号特别想你 去菜市场买花 看到有很好的无花果枝子 买了两个想回家插水里 走到半路又回去换了桃枝 想和你开花结果

情人节要到了 想送你礼物 觉得送得贵重了会奇怪 感觉送花不错

于是问了做ROSEONLY的朋友 送一枝玫瑰要怎么操作 他说 没有一枝的 最少 十一枝 一千块差不多 我说为什么没有一枝的 有一些人 也需要表达含蓄的爱意

他说我们鲜花都几千几千的 特别的猛烈

我说我就要一枝你能帮我送吗 我说你们应该做一枝的 两百五一枝也行 宣传的时候就说 我爱你 像傻瓜

朋友说 主意不错 但哥们 你别给我添麻烦了 我这几天都忙疯了要 我说好

后来找了个上海的花店 说是可以送（那时候我还没回国 不熟悉国内那些App 要是现在 这点小事 分分钟搞定）

结果我不知道你家具体地址 百度 Google Earth都用上 大概估算出一个地址 给了送花的 说是一早上送到

电话留了小茫的 结果一早国内六点的时候 收到小茫的电话说 你送花连地址都不给明确 让人往哪里送啊 我说我找不到那个公寓的具体地址 不知道小茫怎么搜的 马上发来一个地址 问是不是 这里 我一看 对的 当时觉得小茫真的是太神通广大了 就这样 鲜花送到了

然后那一天我都在等你的消息 结果早上没有 中午出门谈阿里巴巴澳大利亚的合作 也很没精神 整个人浑浑噩噩 因为Sali要回去香港 我晚上请她吃饭 她来我家找我 因为情人节还给我准备了礼物

一起吃晚饭 我总是溜号 她问我怎么了 我说了事情缘由 Sali说可能 觉得你太认真了吧 被吓到 我说可能是吧 于是更加愁眉苦脸 又要了一瓶酒 正喝着 收到了你的消息 你发了一张图 你手心里有一颗小小的 用剪子剪的心 你说 希望你有一个愉快的夜晚 情人节快乐 我很高兴 能认识你

那一瞬间 用Sali的话形容 我好像一个灯泡通了电 整个人亮了起来

我发消息问你说 你有收到我的花吗 你问什么花 我说早上送到的

你说 是吗 早上出门看到有人送花到前台 还在想哪个幸运的人 难道是我的

又过了一会儿你说你收到了 在前台放的 开心地说你太喜欢了 更喜欢那个卡片 我在卡片上写 “I have a feeling about us. It is much older than you and me.（一见如故。）”

我和Sali道歉 一晚上都表现得魂不守舍 看到信息以后 又合不拢嘴

她笑 说她理解

那天晚上回去和你通了一个多小时的电话 可能从那天开

始 我就默默地觉得我会回上海吧

结果四月就真的回来上海了 眼看八月就要过去了 在上海租了房子 一切都很好 马上就要七夕了 打算送一块Tiffany腕表当礼物 我自己戴Tiffany腕表两年多了 很喜欢

任何东西在时间面前都会变得腐朽 唯有好的爱情 时间会让它越来越光亮

[2017年8月28号]

过了二十九岁 担心变老
最近更是一天一张面膜
那天早起 睁眼看到身边的你
你睡得深沉
头发是玉米的颜色
一缕缕 像是沙漠里的涟漪
我忽然觉得
只要我们一直相爱 就永远不会变老

[2017年9月2号]

可能年轻时候的喜欢 是藏在胸腔里的一只象

[2017年9月8号]

两个人在一起时间久了就会越来越像 尽管吃鸡蛋的时候没法像你那样 敲个指甲大的孔 挖着吃 又把敲下来的那点壳放进去 完好无损一只 但吃毛豆的时候 已经开始不自觉地 把毛豆皮整齐码放了

[2017年9月11号 东伦敦 走一走]

正好一年过去了 又回来上了课 上午做了个花束 / 还是班级里最快的 / 和老师Jojo说 我当初不是来伦敦找对象 顺便学插花吗 现在找到了 / 她一下子抱住我

[2017年9月19号]

和朋友们出来玩 很开心 / 但 太想你 于是定了去赫尔辛基的机票…… 尽管你还在上海 / 我想去看看你长大的地方 也许会更理解现在的你

[2017年9月23号]

这世界太好 想少看一次日落 多看一次日出

[2017年9月25号]

最近 从奢华的高层建筑俯瞰伦敦 也去了马拉喀什古城泥泞的菜市 从繁星下的撒哈拉沙漠 到了芬兰沉默的树和湖泊 如果每个人都是一粒种子 我想做个生的 不可口 但有很多可能性

[2017年10月2号]

出去一个月 回来上海就有点跟不上节奏 微信支付就用不太顺 / 晚上回家 在便利店买了个盒饭 特饿 想趁热吃了 打车 结果 叫车软件也升级了 弄错 成了拼车 第一个男生 我们到了以后他还在家里 第二个女生 一上车 就用手机大声放 孙俪做买卖那个剧 本来十五分钟的路 半小时才回家 / 后天飞墨尔本 最近 把飞机 当空客坐了

[2017年10月12号 那时候读者应该也不多了 不用租很大场地]

心想 等五十多了 《陪安》系列估计出了十多本 到时候和读者一起 开个演唱会 也不收票 想来的都来 一边跑着调 一边唱给你们听

[2017年10月12号 回沪]

明晚终于不用搂着枕头睡觉了 开心 晚安

[2017年10月13号]

你一定 是颗星星

[2017年10月15号]

和卤猫一起飞伦敦 参加英国旅游局关于英国光明料理Food is GREAT的活动 在飞机上 可以面对面聊天是之前没有过的体验 时间过得很快 明明长距离飞行感觉没多久就到了 / 在Burberry 的Thomas Cafe吃了早餐 很舒服 鸡蛋做得很地道 想说来Burberry咖啡吃东西 要买个东西纪念 最后买了根绿

色跳绳 绳子把手是竹子做的 喜欢／晚上去了 City of London Distillery 喝了很好喝的gin（杜松子酒） 还按照自己喜好 做了一瓶 我放了很多姜和豆蔻 因为晚上订了一个沉浸式的剧的票要和伦敦朋友去看 但做gin的课程 迟迟不结束 也不敢和有点凶的 充满热情的老板说 生怕他揍我 最后实在来不及 我和他说 我要先走 但真的不好意思 他说人生太短了 不要担心那么多 没关系 等酒蒸馏好了 我寄给你

[2017年10月 潮流易逝 风格永存]

之前看*Kingsman*（《王牌特工》） 第一部的时候 觉得 耳目一新 在上海和墨尔本都看过一次 后来看*London Spy*（《伦敦间谍》） 觉得男主角眼熟 有次又看*Kingsman* 忽然认出他来 原来就是Charlie 那之后 我在Mr Porter 上买了 *Kingsman* 的丝巾和一个小工具包 特别喜欢

这次*Kingsman*2 出来了 我特别期待 而且还有Edward 让人开心 本来打算十月时候回墨尔本参加文学节的时候可以看 没想到九月的时候 收到 Mr Porter 的邀请 去伦敦参加全球首个 Kingsman shop 开业酒会 所有电影里 利索精致的西装 外套 手表 鞋子 本子 雨伞…… 伴随电影上映 都会在这里同步销售

之前和Mr Porter 合作过 特别地开心 这次又是参加我喜欢的电影的活动 于是安排好上海的工作 准备行囊就出发了

经过一年 又回到伦敦 出租车里放着相同的音乐 车外有相同的景色 一样的下雨天 但是我的心情很不同了 看着外面的街道 和路上行人 想着之前在伦敦那半年 在这个城市里穿梭 寻找爱情的自己 觉得愚笨又很勇敢

刚到伦敦 当晚就约朋友一起出来吃饭 大家都很好 两个要好的朋友 在伦敦都买了公寓

在伦敦住了几天 就是Kingsman × Mr Porter shop 的开业酒会了 我选了套之前在Mr Porter 上买的蓝色Lanvin 西装 和OFFICINE CREATIVE 的酒红色皮鞋 方巾配合Eggsy 的那件橘红西装 选了橘色

Mr Porter 的同事都很风趣热情 带我参观了在4 St James's St 的店铺 介绍了新系列的衣服 这次除了 修剪精良的英国风格西装 也多了帅气的美国系列 牛仔裤和皮外套 我自己是更喜欢英国系列 但是美国系列里的那个牛仔裤 还挺好看的

在酒会上遇到这个系列衣服的一个设计师 朋友让我上去

和他聊 我说我不好意思 他说没事我陪你去 结果上去打了个招呼 这家伙就跑出去抽烟了 我和设计师 应该都不算会交际的人 两个人站在那里一个劲喝酒 但就这样有一句没一句的竟然聊开了

他说他在伦敦郊外有个小房子 说养了很多动物 他喜欢乡村的生活 如果有工作要在伦敦进行 他就坐火车进城 我说我很喜欢你们这次出的那些牛仔裤 他笑说 你应该买一件 特别适合你

后来我就去了 摩洛哥 收到19号 伦敦*Kingsman*2 首映的邀请 赶不回去 觉得很可惜 旅行到芬兰的时候 在赫尔辛基 吃过晚饭 特意跑去电影院 看了电影 Eggsy 还是很可爱 Colin 真的太迷人了 我没去首映 没有见到他 很懊恼 我喜欢的Edward 变成了反派 心疼 电影还是很爽 英式风格加入了美国元素

我在伦敦住了一个月 一周内在欧洲来来回回飞了十多次 今天终于准备回家了 去过这么多地方 伦敦在我心里一直有个最重要的位置

[2017年10月18号]

在欧洲 澳洲逗留了快两个月 昨晚回上海 回家的路上 觉得有点不适应 密集的高楼大厦 车辆川流不息 从机场出来 被灰突突的城市包裹 / 回到家 在厕所刷了半小时淘宝 一出来顿时进入上海状态 没毛病

[2017年10月21号]

晚上和编辑约吃饭 路上看到一个男的 背着书包站在那里一动不动 眼睛直直的 看上去特别寂寞 莉莉周那种寂寞 怕他想不开 于是上前和他问了个路

[2017年10月23号]

票还没来得及买 就来到乌镇戏剧节 混进领导的莎士比亚剧团 吃长街宴 被分到和黄磊家及其朋友一桌 / 本着长桌礼仪 哪近吃哪 我就和他们吃一锅 结果对面女生太讲究 吃饭用公筷 而且每次吃完还把筷子 勺子往我这边放 我拿着筷子就想往火锅里下手的 不得不矜持 收敛 / 对面小朋友叫肖恩甜点还有一粒 他问叔叔 你吃完了吗 当时觉得特不好意思 赶快递给他 我说 不好意思 哥哥不知道你在等着 后来我们和他还有他妈妈聊天很尽兴 / 我昨晚喝了那么多酒 还是被肖仙人

震耳欲聋的呼噜声叫醒了四次 我准备他今晚再吵我 我就踹他 / 早上吃了个 大骨头粥 特别补 鱼也好吃 还好终于弄到晚上一个剧的两张票 不然感觉是来美食节的

[2017年11月3号]

逛我最喜欢的 Borough 市场 整个人活过来 我觉得市场里的人都好看 有人味 中午在 Elliot's 吃的 有道海鲜的汤 太好吃 我们叫了两份 还用面包把汤汁都吃掉 / 晚上在 Duck & Waffle 这里我来过 上次我们来 坐在很不好的位置 这次旅游局给我们留了靠窗的座位 服务我们的男生也叫 安东尼 我觉得安东尼这个名字很适合男二 或者配角 边吃鸭子边看窗外夜景 默默感叹 全世界的大都市 我最喜欢的应该还是伦敦 / 我觉得说伦敦没独特品位 的人 应该是不懂得吃 或者没来过伦敦

[2017年11月8号 你从哪里来 我的朋友]

每去一个地方 都会给家里寄张明信片 然后我妈就在我家地图上 贴一个标签

现在那个地图已经满满当当了

[2017年11月14号]

听说你出差三天 我装作不舍 其实是开心的 感觉可以放肆地做自己 / 结果这三天 每天都半夜两点睡 看剧 下午起床不做饭 不洗澡 没洗脸…… 快点回来吧 我不想做自己了

[2017年11月17号]

官邸老板娘来上海工作一周 请她住我最喜欢的Puli酒店带她去我最喜欢的饭店吃饭 / 她说要去假货市场 我根本不知道在哪里 她让我去问 我说我不要 结果她自己跑去问地铁里的警察 害得我 硬着头皮 翻译 / 临走前 她要请我吃饭 分别时竟然哭了 她说你现在真好啊 我好开心啊 …… / 我在官邸当厨师三年 是很好 也有很踏踏实实的回忆 大雨天骑自行车到处找工作 谢谢你那时候 收留了我 / 临走 老板娘还送了我假的 香奈儿充电器 哈哈哈

[2017年11月21号 If you can't say yes, Don't say no, Say later.（如果你不能说是,不要说不,以后再说。）]

回上海后住在宛平路 五楼的一个公寓 窗外有棵郁郁葱葱的树 伸手可及 我经常开窗剪几枝 放到家里花瓶里养上 一

下子可以活一个月 / 知道附近就是宋庆龄故居 但没去过 前几天Harry 来上海 我们去参观 才发现宋庆龄曾经就住在隔壁 我窗前那棵树是她花园里的 一路长上来 正好到我窗口 名字忘记了 名牌上写着 二级保护植物 / 回家不知道怎么解释给那谁听 我说曾经住在隔壁的老太太 做过中国名誉主席 中国人都很爱她 我一直剪的树枝是她家的 / 外国人思路清奇 说你下次剪一枝大的 放水里养着 等长出了根 种土里 可以送你妈……

[2017年12月9号 在梳子上 看到你小麦色的头发 我用它梳了头]

早上起来去看房子 准备租一个公寓 好好装修下 和那谁一起搬进去 住个两三年 / 明年要少做别的事 多写东西 写东西最快乐了

[2017年12月13号]

刚刚把 第一批支持我们的 淘宝订单的邮费都退回了 单纯因为我喜欢顺丰 所以淘宝店选择了顺丰邮寄 让大家承担了高的运费很抱歉 这几天一直在纠结 / 刚刚做了决定 以后用

别的快递公司 / 把邮费一笔笔退回去 竟然比收款还开心 每退一笔就能看到一个完整的名字 都有默默地读一下 谢谢你

[2017年12月17号]

我在翻译《小王子》 我的第一本绘本在被翻译成英文 都是关于爱的书 / 翻译的男生 司提问和我沟通英文部分 我建议他不要用大写 他问为什么 我说在爱里 没有大写 他笑了

[2017年12月19号 lollipops and roses]

我喜欢颜色清爽的花和大片油油质感的叶子

小时候在农村长大 和表弟们爬山摘野花 之后全家十多个人一起拍照 舅妈说大家摘一样的花 只有马亮那束特别好看

一件小事 我却一直记得 莫名其妙地给了我很多信心 觉得自己有独特品位 和插花的天分

爸妈在农村住一个三层的楼房 一楼种了好多花 有一些都叫不出名字 长得葱葱郁郁的 我觉得土壤种的植物很好 一

年四季不断变化开花结果 落叶归根 一棵植物 可以看到一个世界

但我却更喜欢鲜切花 不同颜色 形状 味道 质感 走向 可能来自世界各地的花和叶子 经过花艺师的搭配放到一起 自成天地 鲜切花 在最美的时候被剪下来 它们在花艺师手里相遇在同一个花艺作品里找到了自己的位置 好像《一代宗师》里章子怡说的 “我在最好的时间里 遇见你 是我的福分”

自从 对插花有兴趣以后 开始留意插花的知识 和技巧 但知道得越多却越发现 这东西没有什么技巧 不像修车一定要怎样怎样 更多的是对于美的认知

2016年我去伦敦住了半年 其间学习插花 每周一到周四上课 从早到晚 早上插一束 下午一束 学费非常贵 一周好像九千多 但真的学到很多东西 有的时候放学 拿两大束花坐地铁不方便 我会叫个Uber 送给我伦敦的朋友或者 放学路上遇到的路人 因为这个也在伦敦交到很多好友 带来了很多好运气

回到上海 认识了Natalie 她是我在上海看过 插花风格我最认同的老师 而且她又会 中式的插花 性格腼腆 工作认真 觉得可以和她学习到很多 后来 我就有一起做一套 插花视频的

想法

我不觉得 插花是靠技巧做好的 比如 奇数偶数 方位角度这些 所以视频里 不想教应该怎么做 什么是对的 而是 有什么样的可能性 对于我来说 与其说是授课 更多的是分享我所学到的知识 同时向Natalie学习

写这篇的时候 我们的视频 已经做了几期了 其中有一些我特别喜欢 有个别作品我也不是非常满意

当然 也不用 急于求成 因为 人常在 好花长开

[2017年12月25号]

亲爱的朋友们 圣诞快乐 / 新年快乐

[2017年12月29号]

昨晚睡得太好 本来以为年纪大了 没能力睡那么好了 真开心

[2018年1月11号]

小时候 我爸经常出差 我妈要带我还要上班很辛苦 她下班来幼儿园接我 一起去买菜 回家也不糊弄 正儿八经地做晚饭 但我那时候不懂事 经常一到家 就吵着饿 我妈就会一边做饭 一边煎个鸡蛋给我吃 单面的 上面浇点酱油 我在厨房一边吃一边看她做饭 我对小时候的事情记得都不太清楚了 但这个画面却很清晰 / 现在 我喜欢的人 说饿的时候 我就问 要不要煎个鸡蛋 给你吃

[2018年1月22号]

每次从澳洲回来上海的前几天 走在城市里 都会感慨 人们怎么把楼建得那么高的 觉得不可思议 / 飞机能飞 也挺不可思议的

[2018年1月22号 校对这里的时候 心想 真不害臊]

从前有个人 说 新年时会更新 结果也没更新（零更新）/ 长得好看的人 说的话真的不能信

[2018年1月23号 今晚月亮很美 你抬头看看]

“我喜爱你 忽然捂住我喋喋不休的口 教我沉默”

[2018年2月5号]

一直想和父母出去旅行一次 一月末的时候有空 问我妈想去哪里 我妈说哪里都行 听你爸的 我问我爸 他说想去俄罗斯 想去看看那里的建筑广场 还有 风土民情 我觉得很多我爸那个年纪的人都有俄罗斯情结 在Airbnb上看了下 莫斯科的房子倒是不贵 建筑也都很美 后来仔细想想 一月末过去可能冰天雪地的 也看不到什么 再一看机票 才发现 莫斯科都快要到欧洲了 我不知道之前从哪里来的 莫斯科就在黑龙江上面这样的迷思 然后我和我妈说 要么我们就去日本玩吧 从大连飞过去很方便 可以把舅舅舅妈 老姨姨夫都带上 泡泡温泉 吃点日本料理 结果我妈说 日本她和爸爸去过 不想再去了

想来想去最后还是决定来墨尔本玩 因为墨尔本是夏天 他们也想更多了解我生活的城市 我妈妈还带上了姚老师 姚老师是我爸妈三十多年的好朋友 他们刚生我没多久就从部队搬回大连 我爸爸单位给我们家分了个房间 和姚老师 冯大爷合住 我妈说当时整栋楼里很多家都是合住的 多多少少都有不愉快 只有我们两家 关系处得相当好 我不到一岁 经常哭 姚老师

也从来不抱怨 经常照顾我 待我像待自己小孩一样 这么多年我们大院里 他们一家一直是我们家最好的朋友

我计划 我们几个人 有三四天住我家 方便去市中心逛 去植物园 展览馆什么的

剩下的用Airbnb 在Red Hill 的海边订了个很大的有游泳池的房子 Harry的妈妈 Jojo的爸妈 Owen的妈妈 都在澳洲 想说那几天可以把大家都叫来 孩子们可以一起玩 父母们也可以都认识一下 以后如果他们搬来墨尔本住 大家也可以做朋友

我妈在电话里问我需要什么 我说都有不用带 她说她要带两个屉帘 说包包子可以用 我说千万别带我没地方放 我妈说你们那么多孩子 我包包子饺子 有个屉帘方便 你要是不要我再带回来 我说好

去机场接他们 等了快一个小时也没出来 原来姚老师给我带了水果 澳洲海关很严格 水果被狗闻出来 东西扣下了 文森开车陪我来接他们

我给他们买了打折的商务舱票 到了家里 问他们要不要休息一下 结果都说不累 下午就可以出去溜达 我们逛了我家楼下的农贸市场 花市 厨具店 又穿过公园 去皇家植物园 我妈和姚老师开心地互相拍照 我爸也拿着手机拍来拍去 看着他们

兴奋的样子 我很开心

在植物园里 他们不停地称赞花太美了 不停地拍照 我爸走路很快又爱自由 经常走着走着就没了 几乎每天我们都要花时间找他 在公园逛了一小时 他们三个人在长椅上坐下来休息 对面草坪正好有人在结婚 他们坐在那里看 看了很久 我妈问怎么没有新娘 我看了下 除了宾客 花门那里是一群穿西装的男的 我说可能是个同志婚礼 我爸说啥 我说就是男的和男的结婚 姚老师很单纯 问男的和男的也能结婚吗 我说在澳洲可以 我爸说这国外真扯淡 我妈坐在那里没说话

第二天带他们去购物 我心里是有点抵触的 因为之前在上海有很不好的经验 也就是去年十月的时候《绿》拿了个微博上最佳年度图书奖 我妈爸来上海陪我参加颁奖典礼 我想给我爸买件羽绒服 我们在芮欧吃了饭随便逛一下 他所有的衣服没有试 一定先问价格 知道了价格 连试都不试了 感叹上海真贵 一家人在店里买个衣服 各种僵持 像演戏一样 最后选了个素色的上衣

有了上次的经验 我决定这次在墨尔本我不要像上次那样一意孤行 他们有喜欢的就买 不想买就算 不折腾了 结果不知

道因为我爸妈是遇强则强型人格 还是因为澳元数字小 加上打折 竟然买了起来

后来欧文和他妈妈也从阿德莱德赶过来 欧文租了车 我们准备开去山里 我妈妈很认真地在纸上罗列着 去菜市场要买点什么 说去了山里有厨房 我们天天在家吃 我们买了肉馅 面粉 排骨 蔬菜 水果 还买了一些酒 开车一个半小时就到海边的山里了 房子很大 在树林里 有游泳池 还能看到远处的大海 家长们把房间看了个遍 数了下 一共十二张床 说 这下可以随便睡 接着朋友也陆陆续续从城里过来 五六个家长都在厨房忙活 爸爸们在抽烟聊天 有妈妈们在 我们根本插不上手 七八个人在厅里玩狼人杀

因为人太多了 包饺子来不及就包包子 结果我把面粉买错了 包子皮有点硬 但是还是好吃的 大家 连吃带拿的 把包子清空了 特别满足 晚上的时候 朋友回家了 那鬼一家留下来住 还有欧文和他妈妈 我爸爸说要出去走走 我妈想休息一下 姚老师和我爸一起去的 等到要吃晚饭的时候 他们还没回来 眼看就要天黑了 我给我爸发消息说 快点回来吧 吃饭了 他回复说好 然后我就和欧文去楼下打台球了 又过了一阵子 我妈下来说 你爸走丢了 你们快去找找吧 我给我爸打电话问他在哪

里 他说他也不知道 旁边有个高速公路 我爸不会发定位 他发来一个路牌给我 我在地图上看了下 不是很远 让他拍个交叉口另外一条街的名字 他可能看到一个牌子上 写的英文 直接就拍了 我一看笑了出来 牌子上写的 “STOP”

还好 那条街不大 我和那鬼结伴去找他们 这时候天已经完全黑了 那鬼从车后面拿出个大棍子 我感叹 装备真的很齐全 伴着月光和手机手电 找到了站在路边 坐在长椅上的两个人 可能大老远看不清我们 见我们又拿了棒子 明明看到我们走过来 他俩还是坐在那里不敢吱声 我喊了下 爸 这时候我爸立刻开心地站了起来 又很害羞地说 明明走出去不是很远 结果天一黑 完全找不到了 我说还好你手机有电 原来我发消息的时候 其实他俩已经找不到家了 但是 没好意思说 倔强地在山上打转

住过那么多次Airbnb的房子 到处都有家 洗衣服 做饭 和邻居say hi 真的只有迷路的时候才记起自己是个游客

在山上住了几天 我们还去了我最喜欢的Bushranger Bay 要走一个小时的山路 我和我妈在前面走 姚老师和欧文妈妈在中间 我爸和欧文在后面聊天 半路我们看到了山上的袋鼠 那只袋鼠有点小 大家不是很激动 让我非常感动的是 我们到了

海边 正好赶上退潮 可以走过礁石 爬上岩石山看巨大的海浪 那个岩石山不是很高 但是很陡峭 在我的鼓动下 家长们竟然都爬上来了 我心里特别开心 如果父母因为年纪大不能爬山了 我心里应该挺难过的 事后我妈一直说 太疯狂了

临回国的前一天 我爸申请自由活动 因为我要搬去上海一年 准备把墨尔本的家 长租出去 我妈妈和我在家整理 有些衣服带去上海 有些衣服我妈妈带回农村送人 有些留下来 有些捐掉 我妈和我一起整理 然后平静地说 我知道你这次为什么要去上海 我说是吗

我妈说 谈恋爱要是不顺利 就回来墨尔本 这里有家有朋友 生活也自在 在墨尔本好好处个女朋友 别再折腾了 我笑 想抱住她 但没好意思

晚上 请爸爸妈妈还有姚老师去意大利饭店吃饭 我爸喝了点酒 说来墨尔本三次了 这次玩得最开心 觉得我一个人在墨尔本把自己照顾得很好 特别是见到了我的朋友们 觉得每个都很可爱 实在 优秀 觉得放心 我爸还说 这次走丢了我没批评他 他觉得很好有面子 上次来澳洲 我们去 新西兰 也是租了Airbnb的房子 我告诉我爸在房间里不能抽烟 结果被我发现他在厕所偷偷抽烟 被我教育了一番 他很不爽 我说首先 这次你

走丢了 是你不能控制的 天一下子就黑了确实很难找 我理解 再者 我也在成长 上次在新西兰我确实占理 但态度不好 您见谅 我爸笑 后来又谈到了给他俩办理澳洲永居的事情 我爸听说拿了永居以后 五年里要住满两年 问我说 那你以后会在澳洲吗 我说我希望可以在澳洲生活 但现在也说不准 也有可能去欧洲和美国 我妈说你要是去了美国 我和你爸来澳洲干吗 我们现在身体都很好 你还不用为我们考虑 在农村生活很快乐 也有很多朋友

第二天 他们准备离开 我和我妈说 二月的时候 我可能去一下法国 把我的插花课程完结 拿个master 的文凭 可能就不回家了 这次我们一起出来玩 也算是一起过个年 我妈说好 你要是定下来不回来过年 一定告诉我 你回来 或者不回来 我们家的年是两个过法的 我笑 说好

爸妈回去大连以后 我爸给我发了短信 说 老爸这次澳洲旅行 虽然没有百分之百圆梦 但也有百分之九十九 祝儿子好！！ 踏踏实实干事！！

我这个标点符号都懒得用的人 却摊上了个 使劲用感叹号的爹

我知道他说没有一百分是 说我现在没有结婚生小孩

打趣地回复 九十九很高了 一百分很累的

[2018年2月11号]

手指拂过你颈后短发 想象自己在割过的稻田里穿行 / 在巴黎深造学习插花 拿文凭 喝很多 想很多

[2018年 恋爱日志 六 我经常想起 你小时候的样子]

想在情人节写一篇文章 送给你 或者说送给我们 一方面我真的很会写 感觉写出来会好看 另外 一方面 我觉得我们比较正式确定彼此的感情 是从去年情人节送你花开始的 （哦对了 在没收到花之前 你就剪了一颗心 放在手上 拍给我看 这么一想 我们还挺同步的）

送你花之后 你冲澡的时候 在浴室玻璃上写了我的名字发给我 一个很小的举动 但当时我就觉得 为了你我可以回上海（不过我回上海 收入也确实比较多 只是之前不是太在意）

但是真的动笔开始写的时候 却发现不知道从哪里说起

写不出来一篇文章

我喜欢你 都是一些小事情

★起来做早饭：

你有早睡早起的习惯 一般早上六点半就起来了 我是习惯睡到八点半再起来的 所以经常 你起来准备上班 我还在睡 你自己吃早饭看邮件 过来和我说再见 我也不起床 后来有一天我反省了下 之前想说 以后和爱人一起住 因为我工作比较随机 一定要做早饭 做晚饭

结果真的交往了 却这么懒 这可不行 所以从那以后 你起来的时候 我也很不情愿地起来 但真的起床了也就还好 每天多出来很多时间 一般都是你做早餐 简简单单的东西 让你弄得特别的美 水煮蛋的蛋黄一定是流着的 我煮蛋的时候 会去洗漱 等回来的时候 那个蛋已经从里到外熟透 没有一点生命力了 我做饭挺好吃的 但是 每次你做完饭的时候 还是让我很惊艳 而且你做饭的时候 厨房里干干净净的 让人喜欢

★喜欢去室外野餐：

可能是芬兰人的关系吧 你特别喜欢大自然 最喜欢的事之一就是野餐

野餐也就罢了 不论是在中山公园 黄浦江畔 巴黎西堤岛

只要我们一起野餐 你就能从包里变出来 全套道具 玻璃杯 餐巾 香槟 小吃……

★你戴眼镜看书的样子：

你看书 看电影的时候就会戴眼镜 我很喜欢你戴眼镜的样子 觉得有学问

记得一次 你们做了个北京的大项目 当天你要给客户做演讲 我早上六点起来发现你不在床上 跑去厅里 看到你 坐在沙发上 戴着眼镜 在自己计算时间 背诵演讲稿 我默默回到床上 心想 我喜欢的人 真的好优秀

★明明非常理性 但看电影 看电视剧都会哭：

两个人一起看 *This Is Us*（《我们这一天》） 从第二集开始 每集倒数十分钟左右 你就要哭 看电影 也经常哭 近期能想起来 让你哭了的电影有*Coco*（《寻梦环游记》） *Wonder*（《奇迹男孩》） 太多了 我一时想不起来了 有的时候我读我写的东西给你听 你也哭

★和我跳舞：

你很少出去social（社交）也不喜欢clubbing（泡吧）在家里却会邀请我跳舞 一次是在上海家里 吃饭完 我开始放王

菲的歌 放到《追梦人》 你一下子特别喜欢 放完之后 你又让我放一遍 完了 你说你再放一遍 我放小红莓的原版给你听 你说王菲版本更好听 我正在洗碗 你却把我抓过来 要和我一起跳舞 我心里想 什么鬼 为了应付你 抖了几下 后来 有次在墨尔本家里 也是饭后 你忽然说要教我跳一个交谊舞 我硬着头皮和你跳了几下 现在想想 觉得 自己真是一个不解风情的人

★经常送礼物给我：

倒不是什么特别贵重的礼物 有瑞士军刀 芬兰的Iittala的花瓶 茶壶

北欧的烹饪书 介绍芬兰历史文化的书（我竟然看完了）姆米的模型

手画的卡片 各种糖果

有一次从欧洲回来 那时候卤猫来上海工作住在我家 你给了我一本很厚的英文书 我看了眼封面 上面写着homo 什么什么的 我问是写同志的吗 你笑说不是 是牛津大学一个老师写的 他之前写了一本书 关于人类起源发展的 非常火 这是他的新书 关于未来的 我似懂非懂地收下来 后来我和卤猫出去吃饭 在出租车里 卤猫说 那本书 应该是《未来简史》 他说那本很有名的书 应该是 《人类简史》 ……我当时觉得无地自

容 觉得自己没文化

圣诞的时候 你从 赫尔辛基飞到上海 又飞来墨尔本和我团聚 两个人见后 缠绵了下 你就下床像耗子一样跑来跑去 一会儿在桌子上面捯饬 一会儿又钻去桌子下面 一会儿又跑去我换衣间 一会儿又一脸兴奋地跑上楼 躲去厕所里 我不知道你要做什么 于是打开电脑做自己的事情 这时候听到楼上有人喊 Hohoho 我抬头一看 你穿着我的一件红衣服 戴了一顶我冬天的线帽 两个耳朵之间穿一根线 上面挂着很多 手纸 撕成一条条的作为胡子 扮演成圣诞老人 后面背着个口袋 驼背 装着圣诞老人的口吻说 听说你去年很乖 我给你送来了玩具 说着 从包里 拿出来糖果 书 玻璃器具 ……我本身是一个仪式感很足的人了 没想到 棋逢对手 见到你这举动 我忽然不知道如何是好 觉得说谢谢不够回馈 只好抱住你哭了 事后和我朋友讲起来这件事 他们问你是感动得哭了吗 我说应该不是 我应该是不知道如何回应这种举动 手足无措得哭的

2017年我们一起去过的国家 澳大利亚 韩国 法国 西班牙

我是一个不太喜欢拍照的人 可能身边拍照好的人太多了 被宠坏 没有多少拍照的意识 自己不拍 也不怎么拍别人 每次一个旅行结束 你都会用Airdrop 发一些照片给我 写这篇文章

的时候 我又回去看那些照片 你拍了很多的我 我都没有察觉到 我想这可能是你眼中我的样子吧

2018年来了 经过一年的交往 我们决定搬到一起住了 在徐家汇公园对面找到了个公寓 有大大的落地窗 每个房间都很敞亮 我很期待

这次又很久没见面 那天我们聊天 你发过来一张照片

说送一个兔子给bunny boy（兔子男孩） 我说 你这个是Playboy bunny not mine（花花公子的兔子不是我）

然后 你说 那我送你一只熊 还没等我说话 你就说 不像熊就是一个拳头

我说 我觉得很像 是一只冬眠刚醒来的熊 我好想拥抱他

你说 那你也要抱我

我说 你就是我的熊啊

你说 你是我的春天……

[2018年3月16号 再喝两杯 就能唱歌了]

从前有个人 有腹肌 也没有很开心

[2018年3月20号]

上海下雨 洗了被套床单 用烘干机烘干 不论放进去时候怎么叠过 如何整齐 出来的时候 床单总是会跑进去 被套里 团在一起了 / 谈恋爱也这样就好了 / 可能梅雨天要来了 想钻进烘干机

[2018年3月22号]

起来的时候 你已经上班了 餐桌上放着煮好的蛋 / 最近每天起来 你第一句话就是 不想上班 这时候我都会说 别去了那就 我可以养你 你就会说 你不是经常说 以后写书没人看了等着我养你吗 我可不能松懈 …… 我只好闭着眼睛 在床上点头说 你说得对

[2018年3月28号]

昨晚和Daini 在香格里拉夏宫吃饭 我的位置正对着对面嘉里健身房 一片落地玻璃 / 一边咬不是很好吃的猪蹄 一边嗑米饭 啃叉烧 同时看着对面健身房里的人 举举举 抬抬抬 蹲蹲蹲 吃得心虚 胃口也不太好

[2018年3月28号]

加了某演员粉丝群 不想惹人注意 给自己改了群名叫 小甜甜

[2018年4月1号]

昨晚睡得太好 今天醒来后 想清楚很多事

[2018年4月2号]

Mystery of Love（《请以你的名字呼唤我》电影原声带）在巴黎 在墨尔本 在马拉喀什 在上海 在伦敦 在法兰克福 在赫尔辛基…… 我还在听

[2018年4月19号]

回上海以后 在快速地成长 / 但成长 让我变懒

[2018年4月22号]

回农村老家 晚上找了个日剧看 （有了数字电视好方便）我以为我妈看不懂《宠物情人》这样的设定 结果 看了一集半

女主和伪装很好的渣男约会时 我老姨夸假优质男帅的时候 我妈说 还是那个宠物好 真心对她 / 过了一会儿 真命天子出现了 我妈说 还是那个狗好 说初恋再好 很多事情都发生了 人会变的 那个狗很有才 而且 感情真挚 在和我妈看第四集……现在女主受伤 真命天子 抱她回家 我妈很紧张 说 这宠物看到怎么办

[2018年4月25号]

有的时候 我觉得有晚上真好 因为道早安之后 很快就要分开 但说晚安之后 你就一直在我身边 / 嗯 晚安

[2018年5月3号]

最近几天 都是十一点之前睡 早上七点前起来 今早起床出去买包子和豆浆 在路上看到很多小学生 原来 现在小学生还是戴红领巾的 不过还有绿色的 不知道是什么东西 / 看到有的小朋友戴 一道杠 两道杠 想起来 我小学时候可是三道杠呢 觉得当时自己还挺厉害的 长大了以后 反倒没有什么斗志有的时候我写东西 会想 不写完就不准去上厕所 久而久之 养成了憋尿的习惯 感觉这很不好……

[2018年5月7号]

路边吃馄饨 吃了两个就不想吃了 味精味道太重 肉太扎实 但老板看着人很好 又老实 我在吃第五个

[2018年5月8号]

隔壁 一早不到七点就开始大声放视频 / 一种 小时候在家睡觉 一大早放人民广播电台 我爸来掀我被子 喊我起床 “要像军人一样” 的噩梦又来了的感觉 / 很想像 小时候那样 躺在床上大喊 让我再睡一会儿

[2018年5月9号]

“玫瑰骄傲多疑 心里只有自己 只想得到别人的赞赏和关注 而小狐狸说 请驯养我 是在说 我想为你舍己 我想爱你”

[2018年5月9号]

最近 勤奋了点 写到很晚才回家 谢谢你帮我留了灯 尽管外面还是很亮 但你的灯 照着我回家 睡觉 ……

[2018年5月11号 补锌真的很重要]

这几天嗓子疼 以为空气不好 结果今早感冒了 / 忽冷忽热的 小优说要帮我找药 问我流鼻涕吗 我说不流 还特意擤给他看 一擤 弄一脸 还冒一个大泡 小优笑了 说 哦 Anthony Anthony / 几个月前 朋友问我要不要来 一个 Google 面向上海高层的talk 我觉得有趣 说好 他发来一个链接 我一看 八千块门票 说算了 / 结果昨晚 他说有张免费的票 于是 带着病 我来了

[2018年5月16号]

想吃个 小龙虾意大利面 心血来潮买了些鲜活的小龙虾 剥皮的时候 和小优聊天 结果 夹到 还流了血 / 是好吃的 还没来得及拍照就吃完了

[2018年5月17号]

三十左右单身的有趣独立美丽聪明善良的女生这么多 三十左右单身不奇怪看得顺眼可以和她们交往的男生 少之又少

[2018年5月18号]

十年前来上海 和小跳大王 在静安一个高层吃火锅 我从洗手间出来 他从后面帮我拍了一张背影照 没和我说 / 饭后我说 我们去 静安寺拜一拜 我许愿工作 感情顺利 分别扔了两个硬币进去 很小的一口井 都进了 / 当时特别开心 觉得什么都会好 会有 / 十年过去了 又回来上海 后面那撮头发还是翘着 许下的愿 它成真了

[2018年5月22号]

想活得像鼎泰丰小哥 不骄不躁 不卑不亢

[2018年5月31号 其实 我回老家挺勤的]

回大连家里 看到读者送的眼膜 我觉得是我的修图技术不够好 让读者费心了 / 然后我就贴上了 我妈说 就你那黑眼圈 贴什么都没用 你这是遗传的 你看你二大爷 眼睛跟熊猫似的 / 农村空气真好

[2018年5月31号]

有人问 恋爱的秘密是什么 想了很久觉得 / 懂得 欣赏 理

解 似乎都不是 / 也许是 鼓起勇气的能力吧

[2018年6月5号]

歌词里说 风风火火 轰轰烈烈 我们的爱情像一场战争

对于我 恋爱与其说是一个战场 更像一个餐桌

年少时的爱 像一场盛宴 三菜一汤 肯定不够 不管对方想不想要 也想使劲使出所有本领 做满满一桌 现在想来倒也不坏 反正那时候精力充沛 能做得出来 也能消化得下去

再后来 关于爱 看过电影 读过书 喝过鸡汤 也品过毒药

手段高明了起来 做的菜似乎也好吃了些

想要口味好 加鸡精

想要快速加热 微波炉转一转

真的懒了 还可以叫外卖

有几道拿手菜 不管对面餐桌坐的是谁 也都想拿出来做一做

餐桌上的人一直在变 菜不怎么变

青：陪安东尼度过漫长岁月V

回上海一年半 各种快读的信息充斥着每天的生活 经常几个项目同时开火

脑子也从之前的经常放空 到现在的 有惯性地停不下来

好在棋逢对手 这餐桌对面都有一个相同的人一起吃饭

开始慢慢地觉得 爱情是一日三餐

不是努力辛苦招待谁 吃饭毕竟是两个人的事 你吃下的也滋养你自己

有的时候你下厨 我就负责打扫

你问我想吃什么 我有的时候说随你 有的时候也会点名要吃什么

还好我们口味相似 大部分能吃到一起

早餐习惯不一样 那你喝你的咖啡 牛油果吐司 加鸡蛋

我吃我的 白米粥 小菜 和包子

能享受高级料理 也喜欢路边摊

当然偶尔也会厌倦 有的时候两个人熟了 在这餐桌上也就松懈了

这时候 就会提醒自己 拿出来收拾餐桌 系上围裙的勇气

和相同的人 吃不同的饭
没有不受伤的恋爱战场
但有千滋百味的二人餐桌

[2018年6月6号]

亲爱的小四 生日快乐 / 越来越觉得你像一棵树 向上生长 左右蔓延 / 在这树下休息乘凉 你也毫不吝啬 / 期待 你的新电影里面有你的辛苦努力 也有奇幻梦想

今天运动出了一身汗 衣服都湿透了 也不臭 是夏天的李子的味道 / 目前还没见谁能把 苹果耳机戴得好看

[2018年6月7号 永宁小王屯]

住过很多地方 对家的概念已经很淡了 感觉我在哪里 哪里就是家 所以这么多年下来 也有了不论在哪里 都有把它变得像家一样的能力

但同时 任何一个我住过的地方 也都不像是家 只能做到舒适 但谈不上温暖

姥爷现在快九十岁 身体很硬朗 不过不适合在农村生活

了 家里人把他安顿在城市里 农村的房子也就空闲下来 没人打理 听说院子里的草长得一人多高 房子都进不去了

前几天回大连老家 和表弟们一起回姥爷家看看 那里是我们长大的地方

站在老房子里 往外面看 外面杂草丛生 好像是森林 我忽然感觉到我回家了 这个地方有我对家的 最初级的定义

扫炕席时候飞起的灰尘 半睡半醒时候剁饺子馅的声音 在蚊帐里用脚掌揉猫肚子的触感 姥姥做的偏咸却可口的韭菜炒鸡蛋 空饼干盒子还有姥爷帽子里的味道 夏天的蝉鸣和冬天的猪叫声 河水那么清澈流过马粪也不觉得脏 傍晚光着身子在水库洗澡总觉得深处的深处一定住着一条龙 ……

这些回忆一起涌了上来 我忽然觉得 不再因为老房子变得破烂不堪而伤感 只是觉得很幸运

因为 它已经随着儿时的记忆一起 化成了一句简单的咒语 伴随着我 保护着我

[2018年6月11号]

今年下半年 有很多好事发生

[2018年6月15号 一望无际的草原]

因为 要去香格里拉 从一周前那谁就每天和我说 我好开心啊 我们能去旅行 / 真的几乎每天一遍 / 昨晚早早设置了闹钟 5:30 / 我的闹钟设在 6:32 / 飞机7:50飞 / 芬兰人闹钟响了 我让关掉 我说来得及 / 我打包票说 没有问题 说我们都是书包 去了直接上飞机 / 结果没赶上 晚了十分钟 / 去年飞了八十次 浦东没败 败在了虹桥 / 傻傻地站在机场 芬兰人说 I don't want to be with you right now（我现在不想和你在一起）我只好觍着脸笑着说 还好只是right now 能进能退 也是很重要

[2018年6月15号]

到了 在小雨里泡了个澡 舒坦 / 晚安

[2018年6月18号]

藏民家的窗子都很小 又有窗帘盖着 也不清楚 哪一扇外面会有光 / 晚上睡觉时候 拉上门帘 卧室里黑黑的 因为有点高原反应 睡觉时候 把呼吸拉得很深 / 早起已经有光射进来染红了一片地毯

[2018年6月19号 出门没带耳机……]

喝醉了 就会站更挺

[2018年6月22号]

已经教了两个月的插花课 可以说是 越来越得心应手了 / 学生们都很可爱 大部分都做得很好 / 插花很能看出一个人的性格 有小心翼翼的 有收放自如的 有举棋不定的 也有没耐心的 如何对付各样的学生 也觉得很有趣 / 七月的课程表出来了…… 每次下课后回家都很累 嗓子还哑 明明说话声音没有很大 不懂为什么

[2018年6月25号]

我们网店仓库 要做其他的供应链 让我们搬去更远的地方发货 考虑到会影响产品质量的控制 决定像刚开店时候那样自己发货了 / 前几天产品送回来 这几天都在清点 周三才能正常发货 抱歉 / 我在去我们仓库路上 帮把手

[2018年6月26号]

平时穿纯色T恤 脱下来放在房间里 常常会忘了哪件穿过

要是一样的衣服 有不同的标记就好了 藏在别人发现不了的地方 只有自己和亲密的人能看到

[2018年6月28号]

去朋友家 做客 还睡了一觉 / 巴黎真好 巴黎 我爱你

[2018年6月30号]

自从 我看了桃片 就开始卖很短很短的短裤 / 自从 穿了很短很短的短裤以后 我撒尿都不脱裤子 直接从一条腿往上撸 节省了很多时间 / 准备起飞了

[2018年7月7号]

"What if I grow to hate him（如果我开始恨他怎么办）"

[2018年7月10号]

和电影里一样 旅行结束的时候来到罗马 心想 要是你也在就好了

[2018年7月14号]

从2:00 am睡到2:00 pm / 外面忽然下起大雨 觉得世界要被填满了 / 只有我去的那个地方的夏天 会一直是那个样子

[2018年7月14号]

刚刚和妈妈散步 院子里有个小孩跑出来 和我们一起走 / 他嫌弃我们走得慢 我说 那我们赛跑 / 我赢了 尽管他才七八岁 但我还是挺开心的

[2018年7月15号]

我爸和我说 打印机没墨了不知道要怎么弄 我打开机器研究了下 要替换墨盒进去 重新装墨 弄了半小时 放进去 打印不出来 特别挫败 不知道哪里出了问题 / 我爸已经上楼看电视了 一个多小时后 我还在这里研究 / 然后天猫上下了单

[2018年7月16号]

去年春天的时候看了 *Call Me By Your Name* 这本书 一下子栽了进去

电影出来了 我在墨尔本看了首映 在墨尔本看了四次 在

香港看了一次 在巴黎看了一次 …… 后来在意大利也看了一次

可以说我知道 这个电影里 每一句对白 记得住每个眼角眉梢的情绪了

和公司同事去米兰旅行 可能也是因为这个私心吧 看了一些电影拍摄地的攻略 觉得都是小镇乡下 不好意思带着一公司的人去 满足一个fan的臆想 想说到意大利过个夏天就够了

我和Harry 先到的米兰 Jess 和修要第二天到 我们的Airbnb下午入住 第一个晚上我定了个 酒店 两张单人床 和Harry住 到了以后和他简单地逛了逛 一路走去了米兰大教堂 我觉得意大利没有大家说的那么乱 我们这次四个人 没有人丢东西 但还是要 小心就是了

第二天早上 我因为有时差 五点就起来了 玩手机 发现电影拍摄的 小镇离 米兰很近 其实 我最想去的地方是 Elio和Oliver 表白以后去的那个秘密水池

书里面 那个章节叫 Monet's Berm（莫奈的崖径）

Elio说 “这是我的地盘 完全属于我 我来这里读书 我在这里读的书多得数不清”

躺在Oliver 身边他说 "I love this Oliver … everything"（我

喜欢现在这样……现在的一切）

Oliver 亲了他后 问 “好点了吗”

Elio 问 “我这么做 会让你难堪吗”

……

我一说起这部电影就停不下来

感谢 Timotheechalamet 微信账号的介绍 我找到了拍摄地位于 Capralla 的 Fontanile Quarantina 用谷歌地图查了下 从米兰坐车一个半小时就到了 于是七点半的时候 Harry 醒来的时候 我问 我们去电影拍摄地吧 他迷迷糊糊地说 好啊 问我几点的火车 我说八点二十五 他说肯定来不及啊 我说 来得及 说着跳下床开始收拾箱子 我们把箱子存在酒店 我叫了 Uber 米兰所有Uber 都是高级车 没有普通的 但价格还算便宜 我们上了车 直奔火车站

Google map 介绍得很清楚 我们先坐火车 半个多小时 然后换乘一次就到了 火车上我吃了个特别好吃的三明治 看到很多亚洲人 学生模样的 我和Harry说 这些人都是电影迷 估计也是要去湖边的

九点零七分的时候 我们到了小镇 Treviglio 下车的时候

发现就我们两个和几个当地人下车了 原来不是每个人都要去电影场景的 要等一个小时才有下一班火车 于是我俩在小镇转了转 玩了一个猜人的游戏 就是他脑子里想一个人 我提各种问题 他说是 还是不是 我问了好多问题 最后也没猜出来 结果他想的是黄轩 黄轩我不太熟 不过他在我租的房子拍过片

下一班火车上 我特别想听电影主题曲 Harry把他的耳机借给我 他没看过电影 说看我的样子 弄得他也有点激动了 在Capralla下车

觉得这个是个真实的小镇了 几乎看不到什么房屋 有大片的田野 和草地

我们在小镇里走 看到一片颜色很美丽的风信子 拍了些照片 再往前走在小教堂那里 就要拐去小路了 变成了泥地 走着走着 看到了 他们一前一后骑车 从镜头里到尽头的场景 我身上都起鸡皮疙瘩了 旁边有一条小溪 很小的 里面有很多蜻蜓 蓝色的 很美

再往右拐 过了个栅栏就是那个水塘了

里面有几个当地人在 纳凉 我把鞋子脱了 站了进去 那个水真的很凉 是地下水 非常清澈 水塘边有棵很大的无花果树

果子还没有成熟 但是整个水塘 都有一种 青涩的无花果香气

我在水塘里 走来走去 觉得爽 Harry也进来了 他说那些石子很扎脚 我觉得还好 我小时候在农村 也经常光脚走来走去

我们在那里待了一两个小时 本来想摆几个电影里的动作拍照 后来觉得怪怪的 我发现我不是想成为他们 只是想去 路过他们一起的那个夏天就够了

和来的时候一样 我忽然就觉得可以回去了 看了下时刻表 马上就来火车了 我俩快速地往回走 结果赶上了 在火车站买了两个雪糕 我吃的冰激凌 Harry吃了冰棒 回去的火车上 我在想

我本来以为我爱这个电影太多了 挥之不去 想说在这样一个夏天 来到这里 可以做一个好的终结

真的来到这里以后 才发现 也许这个电影 和这样的夏天会一直在我的心里吧

[2018年7月17号]

回农村 铆足了劲翻译《小王子》 我爸种的桃子熟了 晚

上也吃 白天也吃 ……

[2018年7月19号]

明明天热得睡不着 早起发现肚子着凉了…… 疼 / 昨天晚上 楼下烧烤店唱卡拉OK 一个女生鬼哭狼嚎地唱 祝你平安 …… 讽刺 / 今天回上海 我终于可以天天洗脸了 我们家最近井水特别浑浊 我已经几天没洗脸了

[2018年7月19号]

今年夏天 我用得最多的护肤品是大宝防晒 和乳液很像不腻 还实惠 / 坐飞机 很甜的吉祥空姐 没有任何预兆地加热了一小瓶矿泉水给我 说 看到你说肚子不舒服 可以暖一下 其实我早上上了厕所就好了 但还是挺暖的 下飞机的时候 我想要不要把毛毯叠一下 又一想 算了 别装了

[2018年7月27号]

早上收到 哈佛T恤作为礼物 …… 我问那谁 为什么没有男友字样 那谁说 印字的只有 Daddy 我说那个也行啊 / 羡慕学习好的人 经常想 我要是在剑桥读过书就好了 …… 可惜只

在那里划过船

[2018年8月1号]

眼睛不舒服 买了眼药水 用了没感觉 不管眼药水用没用对 都觉得可能买到了假药 / 想去眼科医院看看 百度搜出的前几个也不敢点 干脆用滴滴搜了下 / 到了医院 专家科全满普通的 要等四个小时 医院里全是人 人山人海

[2018年8月6号]

我觉得我衣服太多了 以后想买衣服 回去买本书 / 都是可以变好看的东西 书不占地方 书架也比衣柜顺眼 / 书的好看 只要醒着就还在 衣服的好看 脱下来就没了…… 而且等我变老了 穿着也不好看

[2018年8月6号]

你去南京出差还没回上海我就去了日本 等我从日本回来你已经去了意大利看建筑展 回家以后 桌上有一张我们的合照还有你画的卡片 / 你总是画 熊和兔子 / 想把你的脸 贴在我

的后颈上

[2018年8月7号]

立秋了 我要把那个秘密藏在心里

[2018年8月11号 日本拉面很多很咸]

在京都 吃了好吃的 中华担担面

[2018年8月15号 自从用了牙线 看牙不再遭罪了]

下午要拔一颗智齿 中午来喝了咖啡喝了酒 吃了前菜 主菜 还有甜点 还喝了茶…… 所有的分手都这样就好了 / 只是感叹下 我还在甜蜜的交往中 / 牙医说 我可以放自己的音乐 我打开播放器 想放 孙燕姿的 《我不难过》…… 怕吓到老外 恬不知耻地 放了 *Call me By Your Name* 的原声带

[2018年8月24号]

朝思暮想的 意大利夏天 的行程终于实现 一路上看到山

谷里的小镇 和山腰上的城堡 被树木覆盖的山峦 每次有风吹过的时候 像是呼吸着的猫 / 佩内是一个安静的小镇 这里有Brioni的裁缝学校 十几岁的男生女生在这里学习缝纫 他们眼神清澈 坦荡而又害羞的样子 每个人都拿着针线在缝东西 针脚都是稚气的模样 我心想 这里面有一些人 就会成为 未来的裁缝大师 / 就好像 我在这里遇到的 Brioni的首席裁缝 Angelo Petrucci 先生

[2018年8月27号]

处女座的好 你不懂

[2018年8月28号]

春去秋来 冷热更替 你好再会 / “叶先生 说句真心话 我心里有过你……”

[2018年8月31号]

我之前 来过罗马 每次都是很短暂地逗留 去一些旅游景点 都是人山人海 这次的体验很不同 / 我们早上七八点起来

整个城市非常凉爽安静 / 在Brioni朋友的安排下 第一次开了手动挡的古董车 去了斗兽场 逛了植物园 还吃了令人难忘的海鲜大餐 / 在旗舰店拿到量身定做的西服 穿着它在罗马城里走 / 感觉如果这一次 罗马假日如果是一场空中的梦 那这套特别的量身定做的西服 一定是会飞的斗篷

[2018年9月3号]

你说 你家芬兰的农场 今年结了很多苹果吃不了 爸爸把苹果用卡车装去 放到森林里喂鹿 / 要喂鹿 要野营 要光屁股去湖里游泳 家家户户都有桑拿 蒸了桑拿要在雪地打滚 往冰窟窿里跳 是个精灵民族了

[2018年9月4号 圆了个 模特梦]

小茫说Tommy Hilfiger 今年大秀在上海办 地址选在外滩黄浦江边 他们找了时尚博主 和你去走秀 你敢吗

她这个 时尚博主和你 让我笑出来 虽然我觉得对于这个牌子 我可能年纪大了点 但还是说 我敢啊 于是小茫接洽好合作我就去casting了 我忘记是在什么地方 他们应该是租下了两

三层楼的样子 第一套试的衣服我还挺喜欢的 穿出来 一群老外在那里交头接耳 指指点点 我听不到他们在说什么 过了一阵子 给我另外一套穿 第二套我不是很喜欢 样子太前卫了 不过他们拍了定妆照就让我走了

我发消息和小茫说 那套衣服不是很适合我 她说我去沟通 过了一阵子她给我电话说 总部的人 觉得你样子 身高都不错 让你穿的那一套是 他们今年主推的款 上海店面橱窗里放的就是 你穿的那套 听了这个解释我也不好说啥 就说好

正好那几天 刘畅来上海玩 晚上住我家 我和他请教 如何走台步 他说 不用想太多 眼睛不要飘 听着音乐的节奏很重要 我都记在心里

真的走秀那天 下午三点多就到了 现场的男生女生都好美 因为是大秀 有很多中国的面孔的同时 也飞来了很多外国模特 模特我认识的不多 看到了Lucky Blue 江疏影 有白癜风的那个模特 还有一个女生 很多人围绕着 朋友说她是 比伯女友 Hailey 后来我发现 很多当天我见到的模特 都有出现在其他大牌的广告和秀场里

去了之后先 妆发 给我妆发的人正好是之前合作过的 造

型师 两个人还聊了下 然后 去做美甲 我惊叹真的是面面俱到 连指甲这样的细节都考虑到 然后就是漫长的等待了 现场的模特有三三两两地聊天的 有的在听音乐玩手机 有的在看书 大家都很自在的样子

我饿了 去餐区拿了个香蕉 Mia感觉认识很多人 已经和大家打成一片 我不擅长交际 特别是这样一群人的时候 于是找了个角落坐下来看电子书

然后是彩排 第二次彩排我们穿了秀服 换衣服的时候 每个人有一个自己的衣架 一把椅子 配了一个上海阿姨 我也像一个真正的模特一样 毫不犹豫地把衣服 裤子脱了 换上品牌的长裤 阿姨帮我把脱下来的衣服挂起来 上台之前 大家在后台按照次序站好 这时设计师 Tommy 和 他们的全球代言人赛车手 Lewis Hamilton 出来一个个和模特打招呼 握手

小茫 你和你芬兰的朋友 还有我一些其他北京的朋友 都拿到票 陆陆续续地到了 收到大家的微信 收到大家的消息 天色暗了下来 走秀开始 我是一个很后知后觉的人 所以一般这样的场合 不会很紧张 轮到我上场 走出去才看到 天色暗下来以后 外滩的灯都亮了起来 好漂亮 我听着刘畅的 说法 眼睛注

视着前方 听着音乐 放开步子走 因为我走路一跳一跳的 感觉走得快了 可能可以掩盖缺陷 旁边很多照相机的闪光灯 我没有左右看 一边走一边想着歌词

走秀很顺利 结束得利索 基本上到后台 换上自己的衣服就离开了 收到朋友发过来的照片和视频 大家有的说 走得好棒 有的说你看着有点紧张 有的说 走太快了 有的说感觉很专业

你和朋友在秀场门口等我 你一脸骄傲的样子 给我看你拍的照片和视频 朋友也很开心的样子 她说 谢谢邀请她来 她第一次在现场看秀

晚上回家的时候 咱俩反复地在出租车上看视频 感觉你比我还兴奋

就这样又完成了一件 一直想做的事情

[2018年9月7号]

Tiffany 上一季 Bluebook里 做了珍花异株 非常美丽耀眼 这次的Tiffany Paper Flowers系列 看了平台推送 觉得 没有那么的出彩 昨天去了活动 又有了新的 认识 / 这次活动规模很大

空间里装扮着Tiffany 经典蓝色 和 大大小小的纸花 有很多 上面带着文字 好像是从书本上 生出来的似的 / 想起来 木心写的关于美貌的文字 他说 美貌是一种表情 别的表情都是反应 只有美貌没有目的 看到的人不由自主地被吸引 不过当人睡着的时候 所有表情都睡了 美貌不睡 所以 美貌老得快 好在 人老了 在脸上 还可以靠别的 再光荣一番 那就是 智慧 / 花朵在时间中绽放 固然美好 不过 跃然纸上 也独有韵味 且不随时间消逝

[2018年9月10号]

昨天备课 担心花材不够 正好路上有工人在修剪树枝 走过去问 能不能拿一些走 师傅说随便拿 我扛了一些树枝去学校 / 这些树枝 在烛台打样的时候都用上了 / 早上家庭群 有人说教师节快乐 忽然想到 我也是老师了

[2018年9月11号 云压得很低 盖住一半的城市]

整理笔记 看到之前 断断续续 用各种笔写的记录：

你只在夏天出现 穿过满是浆果的灌木去放羊 我收集了

青：陪安东尼度过漫长岁月 V

上面的羊毛做了毡帽 冬天想你的时候戴上

每当听到有人 喜欢他的事业 从事的工作 我都由衷地觉得开心

在你面前装酷的我 其实在用力地拉伸 又偷偷地深呼吸给自己打气

喜欢你的时候 即使最恶毒的龙 我也敢在它脸上留下伤痕

我最喜欢上海的春天 但一年四季有变化也不错 我喜欢有所改变

夏天 喝很多的气泡水 冬天的时候 我喝很多的热茶和咖啡

买郁金香送给你 它会成为你小小卧室里 不用电的光源吗

我写了封信 一直没有寄出 但偶尔会拿出来看看 仔细读出来 给自己听

俊美沉默的日本男孩

“她是我的平衡器和镇静剂 她不在身边 我会成为一个写作 抽烟 瞎逛 看视频 失眠 吃零食 吊儿郎当的人 成为没有她之前的模样”

P.S.早上的时候和 你预定日本的行程 本来打算从大阪机场回来 因为日本台风的问题 只好改成广岛 然后又订了 去芬兰的机票 我说我们很幸运啊 想去哪里就能去 如果我们工作一般 或者是刚毕业的学生 根本不能做到 还要等机票打折 如果有个时间变动 会觉得很糟糕 会上火 你说是啊 当学生的时候 有个假期 和好朋友去纽约玩 你们都很想去 帝国大厦 真的到了楼下 发现 门票一个人四十美金 你俩想了想 就没上去 现在想来真蠢 跋山涉水的 好几个小时都飞去了 到了门口不上去 但 现在我们有钱了 更自由了 旅行却没之前那么有滋味了 我一想也是 第一次去日本的那个冲击 和新奇 现在还在脑海里 深深印着 这几次去 那样的感觉就不再有了 人生真的是 有得有失啊 / 教师节快乐 送给亲爱的妈妈 舅舅 舅妈 以及每一位老师

[2018年9月11号]

大阪机场因为台风受损 便从别的城市回国 日本工作结

束 你来和我会合 去几个有优秀建筑的小岛看看 公关公司把机票从大阪改去 广岛回 我之前听说 一起唱《广岛之恋》的恋人都分手了 有点担心 和卤猫说 卤猫说 没事 你不懂中文不要紧的

[2018年9月12号]

“其实 每个人的喜怒哀乐 都千奇百怪 有些是喜中透着点悲 有些是无忧无虑 有些是狂怒 有些则是苍凉 没有两个人是完全相同的”

[2018年9月12号 home away from home]

2010年去哥本哈根的时候第一次接触到Airbnb之后每一年基本上 工作和旅行都要用到 我在爱彼迎上住过一些超级棒的房子 也认识了一些很好的房东 自己做过很久的房东 也很乐于帮朋友选房子 这里和大家分享一些 我用爱彼迎的技巧 还有 我使用爱彼迎的过程

我有一个习惯 会按照城市名字收藏 我住过并且非常喜欢的房子 有的时候搜索中发现很棒的房子 但是因为时间 或

者 房子的条件 有时候并不能预订 这时候也会收藏起来（没事我也喜欢在 爱彼迎上看房子 找装修或者 布置家里的灵感）所以基本上很多国家城市 我都有一个具体的 心愿单 一般旅行前把日期输入以后 在对应的心愿单里 就能快速地找到我想要的房子 还可以让经常使用爱彼迎旅行的朋友 分享给你他的心愿单 比如有一次我想去冰岛旅行 但是选择太多不知道如何下手 我的好朋友卤猫去冰岛很多次了 我让他分享了他的心愿单给我 从里面很快就找到了合适的房子

通常设定的价格和当地酒店价格差不多 尽管爱彼迎 是一种相对便宜的旅行工具 但是 当你的预算到了酒店的标准经常能找到一些 意想不到 比酒店性价比还要高得多的房子

如果我很着急要定一个房子 会打开 超赞房东选项 一般来说 一个房东拿到了这个 一定是一个靠谱的房东 我自己墨尔本的房子在爱彼迎上出租 做了很多次超赞房东了 这个头衔没有那么容易拿到 要保持回复在百分之九十以上 整体评分要达到四点八分 而且 没有取消过任何预订

如果房东简介 罗列得很详细 具体 那么这很可能是一个很棒的 注重细节的房东 所以粗略筛选的时候 这个部分不用细读 看文字量就行了

其他房客 的留言 这个就非常重要了 从里面可以得到很多信息 比如房东是否热情 乐于帮助 房子是否干净 交通是否便利 是否会吵闹 有哪里不方便的 这里都会找到 一般来说 有很多评价的 又都是好的评价的 就可以定了

爱彼迎 最新推出了 plus 有了这个标识的房子 不仅房东优秀 房子本身也是 爱彼迎 从上乘房屋里 实地体验 在一百多项品质标准里筛选 确保舒适的入住体验 现在已经在三十五个城市里推出了 这个服务 有 奥斯汀 巴塞罗那 开普敦 洛杉矶 伦敦 墨尔本 米兰 罗马 旧金山 上海 悉尼 ……

最后 要注意 除了基本的住宿费用 有的房东收 清洁费的 有的时候 清洁费也很高 这个要留意 而且要注意 房东的预订规则 有的是可以免费取消的 有的是相对严格的

根据旅行的性质 我会选 相对应的房间 比如我自己出去玩 时间短的话 我会选独立房间和房东 / 室友相处之中 也能了解很多当地的信息 （我吃过特别多 非常地道的餐厅 都是房东介绍的 我觉得比旅行手册 或者 Google 找到的好太多了 非常有趣）

如果旅行的时间比较久 超过三天的话 剩下几天 我会选一个独立的房子 因为我喜欢泡澡 但是在 独立房间的 房东住宅里 我会有点不好意思 而且 对我来说 自己住更轻松随意一些

有的时候是和朋友 一起出去玩 预算有限 就可以 把整套房间 和独立房间 一起选上 房间数不用管 选好床数就可以了 比如我和 Jess Harry 修 出去玩 我们四个就住过一个大房间 每个人有自己的小床 跟宿舍一样 很有趣

[2018年9月15号 坐电动车 走走停停 很容易恶心]

今天叫车 和朋友上车后 司机还没启动 路旁走过两个女生 司机盯着看 说 你看这两个女的长得挺正的 我没回他 过了一会儿 我问 滴滴司机现在 可以在顾客面前说这些吗 他说 不可以 然后就安静了 过了一阵他问 你是不是滴滴抽查的……我说你觉得呢 他说不像 我沉默 然后他一路都表现得很殷勤……

[2018年9月18号 太调皮了]

来日本工作 / 泡温泉 刚进熊本县 肩膀就开始疼 可能身体反应比脑子快 就好像 拉肚子的时候 看到厕所那一刻 最难保持住

[2018年9月19号 就那么一吹 就自由了]

昨晚吃饭的时候 和朋友客户聊天 客户说这个地方有很多鬼怪 《夏目友人帐》的取景地 就在这个小镇 / 晚上睡觉电视自己打开了 我当时有点蒙 以为要地震 日本有电视预警系统 看了十几分钟新闻 没有地震的消息 就把电视插销拔了又睡了 / 也没害怕 因为我在夏目的家乡

[2018年9月19号 有腔调的意大利大叔 六个英国绅士也比不上]

我第一次做西装是在上海 那时候要实习 从墨尔本回来上海工作 认识了Tom 他来自丹麦 做服装生意的 他要去面料市场做衣服 问我要不要一起 我上海朋友里 没有人提过面料市场 没想到这个地方在老外圈子里 还挺火的 很多人都知道

这次回上海 小区门口有个裁缝店 我去修过几次衣服和

书包 感觉老板人很好 于是决定在那里做一套西装 花了六千多 过了一个月去试 不是很合身 样子看起来也很老气 不知道是不是因为我的面料没选好 又改了一次 还是不合适 也不好意思再去改了 现在就在衣柜里放着了

后来就打消了做西装的想法 想说做一套好的西装 还不如去直接买品牌 我的身材很标准 胳膊也够长 穿欧洲品牌的衣服正好 基本上穿上去 也不用改就很合身了 我自己西服也不多 这几年 买过四套西装

这次朋友推荐 和Brioni合作 我和生活在巴黎的朋友Daniel说 我这个夏天终于能去意大利了 一个定制男装品牌 他问哪个牌子 我说我之前没听说过 叫 Brioni 他说 高级的 随手发来一篇他写的稿子 给我补课

名字叫《世界顶级的男士西装品牌有哪些？》

“意大利顶级男装品牌 Brioni，1945年创立于罗马，两位创始人分别是裁缝和商人。Brioni的特别定制服务一直是全球最有权势的人的首选。每一套西装的制作需经过二百二十道工序，耗时至少二十二小时。 西装的廓形隐藏在专业工匠的层层严格监管下，不下于六千步一丝不苟的手工针脚……”

后来我们的合作确定了 主要是去意大利罗马和佩内拍摄 追寻大师的足迹 演绎品牌的故事 没过多久 公关公司的人说 品牌很重视这次的合作 会赠送你 Brioni Bespoke 定制服务

我们约了在位于外滩的 Brioni 店里量尺寸 给我量尺寸的是 Brioni 北京店里的裁缝大师 Juri他西装笔挺 不卑不亢的样子 我问他Juri 这个名字不是很意大利吧 感觉更像是俄罗斯人的名字 他笑说 是啊 很多人这么说

整个量衣服的过程 用了一个多小时 他时不时地记录 还问我一些平时穿衣服 写字 坐的习惯 他和我说 我的肩不平 不过大部分人都会这样的 可以通过西装来掩饰 还说 你胳膊这么长 在中国很难买衣服吧 我说是 经常肩膀正好 袖子短了 他还说了我裤子哪里怎么样 我一时想不起来了 都量好以后 选布料 我自己做了内衣品牌以后 对布料了解得比之前多 Brioni 用的布料真的太讲究了 后来我选了一个 偏薄的西装布料 蓝色的 上面有紫色的大格 Juri说 这样的暗格 看着年轻一些 也大方 选内衬的时候 他帮我挑了一个紫色的 和暗纹呼应

接下来选扣子 我也是有点选花了眼 有一些贝壳的扣子太美了 我问可以选这个吗 他说都可以 不过贝壳的扣子很脆

平时使用要非常注意 我想了下 还是算了 选了牛角的扣子

他说衬衣和西装里 可以绣上名字 我选了 A. M 又选了领口和袖口的设计

他和我说 接下来这些信息会发去意大利 在意大利那边打版 我们会为你专门建立档案 衣服有终身修改和护理服务 一般我们定制周期最少三个月 你这个会做加急 等你去了意大利就可以试了 去意大利会再改一次

和他握手道别 整个裁量的过程 很自然愉快 可以感觉到 Juri真的很专业 他说他们还提供上门裁量的服务 他去过中国很多地方

后面我们到了罗马 第一次试 Brioni Bespoke 的时候我很激动的 毕竟它比我所有衣服加起来都贵了 一上身 就觉得很体面 我动动胳膊 走走又坐下来 衣服在身上也跟着动 像皮肤一样 非常舒服 看着镜子里的自己 罗马这边的裁缝 满意地点点头说 没有什么要改的了 腰这里你希望我再帮你收进去一些吗 看起来会更贴身 我心想这件衣服我会留一辈子的 至少要穿个十几年 以后总要胖的 还是留点余地比较好 于是说 就这

样吧 非常好了 裁缝说 这件衣服的剪裁特殊 你会发现 你穿久了 它会越来越贴合你的身形 这就是Brioni的魔力

在罗马拍摄的时候 我穿的这件衣服 每次脱下来 都很金贵地放到西装套子里 挂起来 每次穿上 都感觉自己像变了一个人一样 感觉行为举止都不由得 变得更优雅 自如一些 不知道是不是心理作用

这件西装后来带回来上海 第一次穿是上周参加活动 我每次参加活动穿西服都觉得很别扭 可能是平时不穿 不习惯 这次我拿了这套Brioni西装 和一件蓝色衬衣去 觉得心里有底 活动前套上 感觉很好 那种感觉很难形容 就觉得是自己的衣服 之前参加活动 穿的西装 总觉得是 套了一个什么在外面

在活动里 我看到了龚林轩 他问我这套是不是就是Brioni送的那件 全定制的 他说 好的西装果然不一样 你们刚刚坐在那里 很多人的西装都变形了 只有你的很服帖 我说大家都穿得很正式 他笑说 懂西装的人 好坏一眼就看出来了

现在我的这套西装 叠得整齐 挂在我家衣橱里 我早已打消了卖掉它的想法 （因为是量身定做 也不会有人买 估计）

很庆幸这次和Brioni合作 也很开心我拥有了一套属于自己的Brioni Bespoke

[2018年9月20号]

小学班级里 有个胖胖的女生 她的名字我忘记了 她很老实 长得不漂亮 但笑起来很好看 我记得 她戴着厚厚的眼镜 眼镜腿用一根绳子绑着 挂在脖子上 我们班级里 总有几个男生经常欺负她 也不为什么 就是惹她 把她弄哭 她哭的时候 也没什么声音 把眼镜架在头顶 用手背 使劲抹眼泪 / 我们不算朋友 没说过几句话 这么多年了 不知道为什么 她哭的样子 总是时不时浮现在我眼前 如果能回到那时候 我一定想办法 不让她哭了

[2018年9月24号]

学生时代很多以为的真理 现在都变成了口号 唯独 “没什么大不了 泡个澡就好”这个信念不变 / 这次与巴斯克林一起去 位于熊本的人吉 温泉旅行 还和熊本的幸福部长 酷MA萌（熊本熊）见了面 身体里有些 焦虑紧张被安抚 一些调皮天真被唤醒……

[2018年9月27号 下冰雹的时候 鸟会受伤吗]

在墨尔本的时候 我买了个榨汁机 家对面有个有机市场买水果蔬菜很方便 因为我买的那个榨汁机清洗很麻烦 我平时一次都做很多 至少够两天喝的

后来我家楼下开了一个 cold press的榨汁店 叫 Greene Street Juice Co. 我在那里办了卡 每次路过进去拿一两瓶 很方便 我常买的两种果汁 一种是绿色的 叫 Greene Street Classic 里面有芹菜 羽衣甘蓝 莴苣 柠檬 外国香菜 和香草精华 以及苹果 这个不太好喝 不过很健康 补充很多营养素 喝了以后很精神 另外一种是 紫色的 叫 The Bronx 里面有甜菜根 胡萝卜 柠檬 姜 迷迭香精油 亚麻籽精油 牛蒡根 这个我觉得很好喝 排毒补血很好

我墨尔本的教练让我平时熬一些骨头汤喝 说补胶原蛋白和精气 对骨骼 和免疫力也好 我当时在家里熬了几次 还挺好喝 看到那个骨头汤放去冰箱里以后变成了 胶冻一样的质感 我觉得这个东西应该是真的好

回上海以后 喝橙汁比较多 混合果汁一般都是去快餐店才点 在上海经常吃外卖 蔬菜水果吃得也少了很多

出国前 我妈对我第一要求是品德 第二是健康 出国后 我妈有次在电话里说 她现在改了 只是希望我身体健康 至于品德好坏她说可以慢慢调教 身体不好她就无能为力了 当时我很感动 / 现在在国内 叫外卖太方便了 相对感觉 做一顿饭 做个混合果汁 很麻烦 成本反倒变高了 很少在家开火 这样很不好 应该把一些墨尔本的生活带到 上海才对

[2018年9月28号 牛奶香浓 丝般感受]

昨天拍一个巧克力品牌的项目 负责的人说表情太冷了 眼睛没神 说 你要放电 要性感 我尴尬地笑 使劲地挤……又拍了一阵 他说还是 不够 找了个女生站我面前 照相机旁边 说你就对她放电 …… 很为难……然后我就乱摆了 基本上我熟悉的姿势摆完以后 我就开始乱摆 乱摆 多半是不中的 / 十一回伦敦 这世界上 有几个城市 我去可以不说去 说回 伦敦是一个谢谢那里的朋友 see you soon（期待很快再见）

[2018年9月29号]

大家已经开始换被子了吗 / 我这周 睡觉时候一直觉得有点冷 但是懒得换被子 昨晚三点冷醒了 去把厚被子拿出来 套上了

[2018年9月29号]

和朋友吃饭 她背了思琳的包 我说不懂为什么好多人都在谈论思琳 没了思琳还有COS啊 她瞪大了眼睛说 COS吗 完全不一样好不好

[2018年9月30号]

打开小红书 看到一个帖子说 “女儿死了一直都在嘟嘴全世界的人都比她伤心”再看看发帖的人叫 令妃 来了火 想留言说 你懂个屁 后来 忍住了

《如懿传》 看到六十五集 我看得确实也有点累 一方面知道结局不好 另一方面 我喜欢的如懿和海兰又一再被陷害感觉过程不爽 结局也不爽

但是我特别喜欢 如懿和海兰的情谊 也喜欢如懿用她的智慧和善良 在一个不适合爱的环境里 如何守护着她的爱

如懿 丧女的时候 那种失落是整个人变空了的 和很多贵妃丧子后的 声嘶力竭正好相反 很多人可能觉得 不过瘾 不给力 想说周迅你这么能演 想要看更多 我觉得在这里 少才是多

人这么复杂 很多时候 我们不是难过就会哭 心碎就会叫 开心就会笑 甚至恰恰相反 好像 This Is Us 里 妻子被通知丈夫离世她只是变了下神情 然后笑着说 你一定弄错了 接着吃了口士力架 好比 到达下一阶段的必经之路的电梯是悲伤 直接走进去 很容易的 站在门口 看着过往很难

又比如 昨晚这集 我觉得太好看啊 从躺在 那里的悲痛漠然 到知道皇帝走了的一滴泪 到 海兰告诉孩子名字 她重复了一个字之后的崩溃 那个反应那么真实

我希望 如懿 在皇帝与她真心托付的时间里是快乐的 然后那种快乐可以回味很久

[2018年10月1号 祖国繁荣 平安]

别人都出去玩了 我在家听着电子乐 穿着自己牌子的内裤 涂着面膜 收拾家 洗衣服 生活真真实

[2018年10月8号]

塔斯马尼亚是澳大利亚下方的一个岛 我去过那里四五次

说起来奇怪 第一次去那里是被父母逼着去相亲 那女生性格很好又害羞 我们在一起玩了三四天 坐着喷气船在大风天里 顺着澳大利亚最南端的海岸线航行

在曾经是监狱 据说经常能看到鬼的小镇子里散步 我回去那天 她开车送我去机场 两个人都有些舍不得 我说我们之后一定还会再见到的 她说 那好

于是就真的又见了几次 爱没谈成 却成了好朋友 她现在叫我大表哥 拿到绿卡以后 她也准备来墨尔本生活

塔斯马尼亚是个很奇怪的地方 每过一阵子我就想去一次 曾经和几个不同的好友相约 从墨尔本开车坐船去那里环岛旅行 可惜最终也没有实现

曾经在那里的郊区住过一周 连手机信号都没有 回家的时候 要穿过放羊的草地石头房子 正对着大海 因为没有网络也没有电视 每天就是做饭 爬山 去海边溜达

有一个狂风暴雨过后的清晨 我们在海边的浅滩上 找到很多巨大的扇贝 兴奋地捡了一口袋 那扇贝的力气好大 亢奋地张开闭合着保卫着自己 那以后也没有吃过那么好的扇贝了 我们装了两箱 自己吃了一箱 另外一箱用湿毛巾盖着留给了房东

离开房子的那天 清晨吃早饭的时候 透过落地窗 我们看到了海豚 Hana兴奋得叫了起来

塔斯马尼亚 是一个会经常让我想到 “世界尽头和冷酷仙境”的地方

P.S.十一假期 去了芬兰 之后又回到伦敦 Catherine Muller London的Jojo 知道我回来了 问我要不要来上课 我说好 早上八点起 坐地铁 在 Bank 转乘的时候 要在地下上上下下走很远 迎面源源不断地涌来人群 明明是一早 大家也略显疲惫 / 第一班地铁 人太多我没上去 第二班很快就来了 上了车 人挤人 几乎一动不动 天很冷了 英国女生很多还穿着短裙 男的大多穿深色西服外套 加上衬衣 很多人拿着健身的包 一些人 背着书包 看着每个人的面庞 让人莫名地激动 兴奋 这城市充满故事 每次只有回到伦敦 我才觉得 回到了都市 / 我想 我一直都是 在世界尽头 和 喧闹都市 之间寻找平衡吧

[2018年10月12号 光着身子 跳进冰冷的湖里]

你买了些芬兰小龙虾 来岛上吃 说一个人一般吃三四个 还用一个带孔的小刀教我怎么开小龙虾 我说 你这就跟上海人

吃大闸蟹 有一套工具 吃完了 还要放一起一样 / 说着 我拿了一个 三秒吃了 觉得芬兰小龙虾也就那样 为啥比中国贵那么多 你黑脸 说觉得上海人那么吃很优雅 要继续教我 / 学着你的样子 做了个单面三明治 还放了很多dill 是好吃的 …… 但四个真的不够

[2018年10月14号]

我们都在看书 我把脸在你身上滑来滑去 寻找一个合适的曲线安放 / 后来发现 还是两个枕头叠一起最舒服 / 后来睡着了 因为睡觉出声 （可能是 因为睡前看了新的美恐 做了噩梦 但我记不住了）被推醒好几次 开始还很温柔安慰 后来基本上被踹醒…… 有很甜的片段 但生活大部分很真实

[2018年10月16号 大闸蟹配黄酒 享受]

朋友往家里寄了大闸蟹 你请了芬兰朋友来吃 只有一个奶锅 我放了盘子底下一个个煮的 / 弄好 你说 现在请你教我们怎么吃 作为北方人 我心里想着 就啃呗 / 但还是装模作样地剪一剪 捅一捅 你学得有模有样 另外一个老外很挫败 我也累了 我说 你就学我啃吧…… 他问我怎么啃 我说咬进去 用口

腔和舌头触觉分辨 蟹壳和肉 然后一边吸一边咬出来……一共四个螃蟹 俩老外一人吃了一个就说累得不行 我把第四个吃了 我们用奶丝普若爱送 打奶泡的机器 加热了黄酒 用茶杯喝 舒坦 …… 后来吃了 我做的 干拌面色拉 非常混搭的一个晚餐

[2018年10月18号]

几年前 在伦敦Catherine Muller 学插花 连着上课 从春天樱花的季节 一直上到夏天大丽花都过了季

收获最多的 除了插花的技艺 就是和老师 助教的友谊了

我喜欢我们的插花老师 Joanna 她很美又很温柔 明明很年轻 却有一个老灵魂 上课的时候经常放七八十年代的老歌 上了一两周之后 我们就成了好朋友 除了上课她还和我分享了很多伦敦吃喝玩乐的信息 她的教室 在Aloane Aquare 家住在 Mayfair 而我住 Bricklane 所以她的推荐对我来说都挺不一样的

她结婚的时候 我在摩洛哥玩 特意安排去了伦敦 参加她婚礼的那天特逗 她们租了一个巴士在市内的剧场等着 带着大家去差不多有九十分钟车程的乡下 结果我去了另外一个剧场 但坐下一班火车过去又会错过典礼 只好打车 优步的司机 也

弄错了方向 婚礼场地在西边 他往东边开了 半个小时后才发现……

今年二月去了 巴黎的 Catherine Muller学习 补一些之前没上过的课 拿文凭 那时候是冬天 和我在伦敦学习的时候 用的鲜花很不一样 有天早上 我们四点钟起床一起去 鲜花市场买花Catherine 开车 Chacha 坐在中间 我坐在另外一边 我心里想 为了拿到最新鲜 最美的鲜花 他们每周有两次要这么早起来 一做就是好几年 真的很不容易 到了鲜花市场 发现 即使是批发 好的鲜花还是太贵了 明明已经是批发价了 桶上写着八欧 我以为是一束 结果老师说一株八欧 她一下就买两三桶 我在心里算着 这鲜花课的成本也太高了 我问她 鲜花原来这么贵啊 她说 也有便宜的 但是我们都付出这么多时间精力到这里了 而且我要天天面对这些花 我宁愿买最好的 最喜欢的 如果要精打细算 我还不如不做了 我觉得她太可爱了

后来我才了解到 她做插花学校的缘由 她说 她那时候 有自己的花店 和 鲜花定制的生意 参加很多比赛 每次参加比赛就得第一 有一次参加一个插花比赛 还是第一 当她看到第二名的 身材魁梧的德国男生 失落的神情的时候 就决定不再参加任何比赛了 插花这件事 本来就是创造美 是不适合比赛的

后来她就开了插花学校

十月初 我回到伦敦 又上了一节课 这时候 Jojo已经怀孕了 我抱她 她说她胖了 我说一点都看不出来 她说 真的吗 开心地笑 我和她说 我在上海也教插花了 上海能买到的花 没有欧洲这么全 我说 上课好累啊 每次 下午下课的时候 我嗓子都是哑的 回家就想躺着 晚上基本什么都不想做 你怎么坚持的 她说就是喜欢吧 如果喜欢就不觉得了 她问我 你喜欢吗 我想了想说 喜欢的 而且每次遇到的同学都特别可爱 每个人的作品也都多多少少不一样 很有趣 她笑 说 真棒 我的学生 也成了老师了

[2018年10月20号 心情不好的时候 才会努力工作]

“我天性不宜交际。在多数场合，我不是觉得对方乏味，就是害怕对方觉得我乏味。

“可是我既不愿忍受对方的乏味，也不愿费劲使自己显得有趣，那都太累了。

“我独处时最轻松，因为我不觉得自己乏味，即使乏味，也自己承受，不累及他人，无须感到不安。”

[2018年10月21号]

和朋友看了《跨越8年的新娘》看的时候一直在想 我能做到吗 我会这样吗 也许坚持不到一年吧 / 但想着这个世界上 有人做到了 便觉得这个世界是好的 爱是好的

[2018年10月22号]

我很喜欢的一句歌词 是“春天花会开” 觉得欣欣向荣命中注定

之前几年有在书里写 中国人喜欢花开富贵 日本人却喜欢落英缤纷 这可能因为中国人生性喜欢热闹 而日本人喜欢颓败的美

随着年龄的增长 人的喜好也有变化 我小的时候曾经想怎么会有人不喜欢动画片呢 等我长大了 我不要变成无趣的不喜欢动画的大人 结果现在 就真的没有那么喜欢动画了 对花开这件事的认识也有改变

我开始觉得花开其实是一件 很消耗很悲伤的事 一朵花积攒了能量光芒 调整好角度 颜色 在风和日丽的时光里漫无目的地盛开 这是一件多么悲伤的事 之后的每一秒都不会比上一秒更好 相比之下花谢反倒让人觉得更舒适了

一朵凋谢了的花 感受过春风 经历过注目 也曾在炎热的午后和蜜蜂燕子打过招呼 现在它谢了 回归泥土 曾经拥抱过它的可以被它拥抱 安静地在冬天里埋伏 感受雪花飘零的季节等待下次盛开

心中有着希望和方向 才是最美的时刻啊

P.S.新的公寓 真的是等不及想搬进去了 可能更多的是期待另外一种生活吧 但人又真奇怪 新的生活明明从任何时候都可以开始……“等搬去新家以后……”可能是个借口吧 对面是徐家汇公园 有高大的植物 感觉多多少少有点像 纽约的中央公园 周末又去看了下新家 已经延期一个多月了 工人说还有十天结束 我觉得 十天不够 从公寓出来就去对面公园走了走 园丁在大面积修剪白玉兰 地上一片一片都是剪下来的枝叶 他们在装车 我上去捡了几枝 这时候想到 以后搬来这里 可以经常来 捡园丁 剪下来的枝叶回家……他们收集了一卡车的

玉兰叶子 不知道要送去哪里 我在想 要是公园里的人都捡几枝回家多好 园丁省了事 大家也装点了房间 一个公园变成了星星点点遍布于城市中的公园

[2018年10月24号 建筑师的执着]

你不满足于 我教的吃河蟹的方法 自己去YouTube上搜了一下 昨天晚上当着我的面 干干净净地吃了一只 又拼回去…… 这时候 我已经在吃第三只了 我说挺好啊 你拍个照吧

[2018年10月26号]

一早起来 就想吃 西红柿炒鸡蛋 配米饭…… / 去年就想买的毛衣 觉得太贵没舍得 …… 翻译完《小王子》 还是买了 已经过季了 还是没便宜 一想到甜茶穿过 还是很开心的 / 下周去 新西兰 / 下个月去南非 之后就回墨尔本过圣诞了

[2018年10月26号]

巧克力广告客户发来配图 我请他们换掉 公关问为什么 我说 那只猫太像卫嫦婉

[2018年10月29号]

喜欢上了年纪的建筑 新公寓当然让人欢喜 但一个房子只有旧了 才会让我觉得住得舒服

我会想 有人在这里的阳台向下张望 等她的恋人 有男生在厨房手忙脚乱地为朋友准备过晚餐 卧室里有人相拥入眠

也许有人在这里结婚又生了小孩 当然也会有吵架的时候 也有一个人在这房间里觉得孤独的时候 甚至有人在这房间死过 在同一个空间里 和别人的生活交错 这让我觉得自由自在

经常听到朋友说 “但是那个房子很新所以应该很贵” 当时会在心里想 还好我喜欢的是旧房子

一个房子 有别人住过不是一件很温暖的事情吗

全新的公寓 搬进去闻到的都是建筑原材的味道 一个上百年被几代人住过的房子 可以闻出来 有人在厨房里认真煮汤时候的小心翼翼

P.S.我在想 可能我喜欢老房子 是因为不需要除甲醛吧（笑） 因为最近在装修 一直有朋友和我说 要放味儿 说新房子装修好 要空两个月 说 要在网上买测试甲醛的套装 说可以把窗都关上 地热 空调都打开 温度高了 毒素都会出来 之后再

开窗透气……还有人说 其实找人上门除甲醛 什么用都没有 很可能还会二次污染 效果最好的就是 开窗透气

因为我家是南北向的 两边都是落地窗 有穿堂风 加上装修过程里 柜子里有些不涂漆的地方就省掉了 或者感觉涂了两遍涂料就够了的 没有涂第三次 家具是梵几的 问了他们的工作人员 说国家甲醛含量标准是1.5 他们的家具含量小于0.1 我觉得差不多空两周就可以往里面搬东西了 十二月月初可以搬过去住了

[2018年10月30号]

最开始和Harry Jess 做工作室是多少年前呢 记不起来了 六七年应该有了

开始是在 网上看过Harry的照片 特别喜欢 两个人在墨尔本 市中心约了见面 都不善言语 有一句没一句地聊天 在小小的日本饭店 喝了东西 喝着喝着他走出去帮我拍了几张照片 那天晚上 发给了我 没想到从那时候起一发而不可收 这么多年 Harry一直陆陆续续地帮我拍了很多的照片 拍《陪安》电影 Harry也进组当了摄影师 前一阵子回墨尔本 我住他家 我问你好吗 他说 墨尔本和国内两边跑 可以拍照片 觉得很快乐 他

说“我现在的生活 比我能想象的最好生活 还要好一些”

和Jess 认识 是因为 墨尔本有个当地中文杂志 那时候主编找我去帮忙 Jess是这个杂志的设计师 我们因为稿子的事情交流过几次 她这个人很清爽 不会让人觉得黏腻 明明单纯 但爱恨又不动声色 我们一起做室友的日子也从来没有过口角 两个人经常一起吃然后去公园走走 Jess 我 还有Harry 在我家附近租了办公室 我们每周都找个人来家里吃饭 我去伦敦之前 给Jess推荐了工作 她现在跟着特别好的长辈 子音一起工作 前几周她参与制作的歌舞剧在墨尔本艺术节上演 大获好评 她给我讲她新的项目 言语中 都是兴奋和期待

一开始认识小茫是通过一起和Tiffany的合作 她是Tiffany在国内的广告公司的员工 那时候负责问我要文案和对接合作细节（有个插曲 小茫英文名叫Clara Tiffany 当时亚太地区的主管叫Clair 合作之后 我问尾款的问题 看错了名字 直接在微信里问Clair 她当时没有回复我 我是后来小茫和我说话 才发现的 觉得特别尴尬 不过因为这件事 和Clair也熟了起来）和小茫接触下来 我觉得她是个特别公正的人 我很信任她 那时候商务多了起来 就问她是否愿意做我的公关 她答应了 这样合作下来也有三四年了 大事小事 只要有她在我就踏实

两个人在一起有很多开心的回忆 当然偶尔也有不愉快的时候 比如 有的时候我迟到 或者 没有按时交稿 她就会变得很严格 她现在有了自己的公关公司 说我是公司里最懒的了 但前阵子她和我说 “之前我总觉得你不着急 所以我为你着急 怕把你做得不好 怕你的声量下去 但是我最近在想 其实你的发展是最平均稳步的 有书可以写 有自己的淘宝店 有喜欢的人爱 有自己的牌子…… 挺好的了 你开心就好 不喜欢的牌子 不想做的事情 不做也没什么”

修是个小朋友 我之前在墨尔本的时候 微博 微信上总能看到她的名字和留言 再之后 莫名地她去了我朋友的公司 以为认识以后就不会再见到了吧 结果签售她还来 还带了花 再之后 微信平台上一些元素找她来画 后来有一阵子 她辞去了工作 准备留学的事情 我打算做淘宝 又对注册 算钱这些事情一窍不通 就问了她是否愿意加入 她说好啊 和修平时见面 轻声细语的 但是在群里面讨论产品和合作却非常认真仔细 不卑不亢 所有问题在她那里都能找到答案 开始的时候 她的工资是按照小时算的 过了一阵子 我发现她时间算得特别少 担心她收入不够 又给她加了百分之五十 她说她留学打算去 墨尔本或者 伦敦 我希望她去墨尔本 感觉我在那里的朋友 都可以照顾她

京都 伦敦 纽约 米兰 悉尼 佛罗伦萨……

这几年 我们这几个人去了这些地方

Harry拍下了这些照片 Jess做了设计 我们把它做成了日历

我们把日期字号做得很小 一方面想告诉大家 新的一年里 如果有不顺心不如意的 都是小小的一天 都会过去 同时也提醒大家 开心的东西要 专心记忆

看过我一本本书的你

也一定在书里 或者 照片里看过我们的这些旅程

其实这旅程里也有你啊

2019年就要到了 希望你好

也希望 我们以后可以一起踏上更多的旅程

2019年 也要和朋友们在一起

[2018年11月1号]

小时候 理解的纵横人生 是像《纵横四海》里面的对白“我喜欢 东逛逛 西逛逛 我喜欢流浪”

上了大学 开始工作 那时候的 纵横人生对我来说是 世界各地的旅行出差 从墨尔本到上海 从上海到欧洲 美国 在地球

上跨越着经纬

现在我所理解的纵横人生 是与人为善 又自由自在 说由衷之言 吃有滋有味的饭 结识 情投意合的人

[2018年11月2号]

说到喜欢泡澡 这绝对是被父母影响的 小时候我爸带我去我们部队大院的公共浴池 我和大人们一起在池子里泡澡 我喜欢盯着天井看 不时地有水滴 滴下来 当时家里很小 连浴室都没有 就是在厕所加了个喷头 没法泡澡 但我爸妈都有泡脚的习惯

现在 我爸妈去了农村 我家附近有个温泉 我妈办了年卡 每次回家 我们一家人都去泡澡 如果只回家几天 基本 天天都去 / 我在家经常泡澡 也会带着独立包装的入浴剂 在世界各地的酒店泡澡

只要有浴缸 和 二十分钟的时间 我就有办法 让身体放松 思绪归零 / 泡澡也可以让我open 进入全开状态 之前一个正式的晚宴 工作人员和负责妆发的人已经到了 …… 我说妆发简单弄弄就好 但我要泡个澡

没什么大不了 洗个澡就好

[2018年11月3号]

我一直在给那谁灌输 东北三省是 中国北欧这件事 也不知道优听没听进去

[2018年11月5号 “I call him Adam / for him / I first loved”（我叫他亚当 / 因为他 / 我第一次爱上他）]

我之前对Adam 这个名字没有太多感觉 只是隐隐约约地觉得叫这个名字的人说话都很慢 本本分分老老实实

后来有一次 在纽约的一个书店里看到一本红色封面的薄薄的诗集 翻开就读到一个句子“I call him Adam / for him / I first loved”

可能从那一刻起吧 我一下子对这个名字开了窍喜欢上了

这几年我一直在看墨尔本皇家植物园和菲兹戳爷公园附近的房子 我之前的公寓很好但是一个人住有点太大了 我想把它租出去然后在公园附近买一个一室一厅的小房子比较安静

一点 从家里一出来就是公园那种 看了很久不是看不上就是买不起直到两个月前趁优去了米兰看设计展 我回墨尔本看朋友我的房子租出去了 我住在朋友子音家里 她家就在皇家植物园附近 我手机看了下附近房子出售的情况 发现有一个一室一厅的小公寓在卖 那个公寓在Adam St 上顶层的公寓 不大 不过每一个房间都有连排的大玻璃 采光非常好 有个狭窄的天台一个人走过去刚好 我想象着可以在阳台的另外一边种满高高的多肉 阳光正好的午后躺在家里 一定很像在摩洛哥

于是一周之内去看了三四次房子 从墨尔本回国之前办好了贷款 把那个小房子买了下来

我想我买下那个公寓多多少少和它的名字有关 我之前的公寓在 commercial St 上感觉是淘宝网红住的地方（尽管我现在也是淘宝店主了） Adam St 才是适合厨师和“假”作家住的地方

[2018年11月8号 狗是我们的好朋友]

冬天就要来了 我生活的城市越来越冷了 在家待着 不再光着脚 走来走去 穿上了 厚厚的毛线袜子

到了冬天 城市变得灰灰的 大家衣服的颜色也变得阴沉起来 这时候 我和Echo想做的东西 终于有了模样

开始我们都不确定要做什么 几年前 有次签售 有个读者送给我 她亲手做的 一个鸡蛋大小的 不二的玩偶 只有一个脑袋 我很喜欢 一路带回墨尔本家里 Echo 来我家做客 看到了说太可爱了 我送给了她 估计她后来回国工作 又把那个小兔子带回了国 然后她和我说 我重新画一下 把那个小兔子做成 Pin 怎么样 于是我们自己的淘宝店 第一个关于 不二的产品诞生了

我想写一些感人的话 但是又很抵触（笑）

可能长大了 没脸见不二了也不一定……

也可能《云治》里说要把红心的故事写下去 答应要给他一个好的结局 现在还没有头绪 不知道怎么面对他

拿了样品以后 我就经常带着 也不管自己是一个三十多岁的男性 把它别在毛衣上 西装口袋那 藏在围巾里 实在不好意思了 就揣在兜里 别在包里

昨天我表弟大开 来上海出差 他是个汽车设计师 平时和

我的喜好也完全不同 昨天请他吃饭 我的白毛衣上别的这个Pin 他看到说好看 我很惊讶 我说这个是我们的新产品 他说我要买 我想是要给他女儿吧 我说你帮我拍个照 我送你好了

后来他坐地铁去虹桥机场 我问他到机场了吗 他说别提了 身上没有现金 那个站口也不能用手机支付买车票进站 问了好多人换点钱 手机给他们转账 没有一个人搭理他 每个人都回避 连基本的交流都没有 这个城市太冷漠了 我说是啊 一张地铁票 就算给你买一张也没什么的

晚上和英国的朋友聊天 我说我们做了一套Pin 等我寄给你 冬天戴上应该很温暖 她说好啊

嗯 …… 希望你们也会喜欢吧

我觉得 如果你在地铁站需要换一点现金 或者买几块钱车票 问戴这个Pin 的人 他们一定会乐意帮助你的

[2018年11月14号]

后来 我们都长大了 而他却还是想要一只羊

[2018年11月20号]

从奥克兰转机不到一小时 就到了Hawke's Bay 春末夏初 海岸上开满了 成片的 紫色 黄色的野花 连着黑色石子的海岸和湛蓝的海水 美得不真实 / 这里的美食美酒节 一年两次 冬季的 长达一个月 主推牛羊肉和餐厅体验 夏季 为时一周多 分享 美酒海鲜 和应季食材 / 傍晚时候出来走走 夕阳下的山景不时地 让我想起《云治》里 Echo的画

在Black Dog Cottage 吃了午饭

午睡了一下我们去了 The Urban Winery 饭店外观是装饰艺术建筑 用香槟配生蚝 开启了Hawke's Bay 美食美酒节之旅

其间Winery 给我们介绍了他设计的蛋形酒桶

美食美酒节很多有趣的活动同时进行 大部分时间 我都留在主场地 听大师课 每个厨师的风格 特长都不一样 上四五个小时的课 也不觉得乏味

总的来说我觉得新西兰这边的厨师都很有趣不装模作样和大家的互动也都很好

下课了大厨做完的东西 就放到外面长桌上 让大家品尝

我们像小动物一样 一哄而上 觉得东西也变得格外好吃了

这一天印象很深刻的吃的有：

新鲜蓝莓现制冰激凌 / BBQ（野外烧烤） 汉堡 / 新鲜橙汁（特别甜 一口见到十个橙子本人）/ 当地一种苹果汁 （酸甜正好 新西兰的超市似乎都有卖的 有个大师课上 一个女厨师还用这个果汁做了鸡胸肉 我觉得我回家也可以尝试一下）/ 烤芦笋

第三天来到集市 买了蜂蜡做的布 这种布可以代替保鲜膜 保存食物 但效果更好 还环保

有卖花的卖肉的 水果蔬菜的 冰激凌的……有乐队 也有小朋友 在弹吉他 旁边放着一个板子写着 “攒钱 买个小狗”……我们给他拍了照 换零钱以后回去找他 他已经不见了

这次旅行让我感叹的 除了这里的美景还有这里的人 回到上海 又开始紧张的都市生活 但想到世界的另外一端 有那样一个美丽安静的海边小镇 当地人汇聚在一起庆祝新鲜好味的食品 与美酒 欢声笑语热情洋溢（喝酒的工夫认识的设计师就邀请我和朋友一起去她家吃饭）就觉得人间是值得的

和当地人一连走了三个秘密会场 尝试新西兰知名厨师Al Brown设计的美食 他教我开贝 那个当地的贝非常紧实甜美 他又教我开生蚝 嘱咐我一定要有角度 要用布垫着 我拿着蚝刀一下子就撬开了 他对旁边的人说 这家伙什么都会 等下我要带着他去厨房帮忙 我笑 没告诉他当年在墨尔本工作的时候我每天都开上百个生蚝……

豪华农场Cape Kidnappers 这个地方比较奢华 我们只住了一晚上

开车到了大门用呼叫器联系了前台进了大门以后还要开车十五分钟才到酒店

一路上两旁的地貌 植物都不断变化 感觉穿越了四季和时间

我们到了的时候酒店的人已经在门口等着了 说太阳要下山了 如果我们不需要休息的话 可以直接去坐越野车了 行李可以帮我们放房间

我们直接坐了越野车 感觉很像《侏罗纪公园》里的情景 司机也很像 特种部队出来的人 他问我们想走平缓一点的山路 还是颠簸刺激的河床 我们都选了河床 如果大家去体验的话

推荐穿不透风的 化纤面料的衣服 因为海边风很大 沙尘也有一些的

看到很多牛羊还有 筑巢的鸟群 司机给我们介绍说 这里的鸟没有什么天敌 所以就算你接近它们 它们也不害怕 这种鸟是一夫一妻制的 它们一起用海草 树枝筑巢 抚养下一代 看着眼前 成百上千的鸟群 成双成对的 有蹭着脖子的 有蹭着嘴的 还挺感慨的 觉得鸟类的爱 简单单纯

午餐非常一般

晚餐很棒我们都吃得很饱 对了 去这个饭店吃晚餐的话男生要求穿西装 女生 没有什么特别的要求

我不懂 如果没有西装怎么办 难道酒店可以借一套吗 可能只能 in-room dining（客房内用餐）

我们还看到了 kiwi鸟 这是我第一次看到真的kiwi 它比我想象的要大一些 给我们介绍的 护养员告诉我们说 kiwi妈妈怀孕的时候 它的蛋 相当于它自己体积的三分之一 相当于 一个女的 怀着四个月大的小孩 ……惊人

房间很美 面对山川大海 也有电子火炉 如果你想去野餐或者徒步 可以跟酒店联系 他们有设计好的路线 还会给你准备一个书包 里面有水果 三明治 冷肉 果汁这些 我们选了野花

和松树的路线 重点是海边悬崖 傍晚回来的路上 落日穿过树林 射下来一条条的光 特别美

第五天射击 两百新币 一个人 我们的教练很好 让我们尝试了不同的枪 最后一次我和朋友 都拿了最高分 四发四中

Mata Peak徒步 同行的同事没有穿登山鞋 而且我们时间也紧张 就直接开车上去的 道路不宽 不太好开 山顶的景色很美 新西兰地貌很有趣 好像是 平滑的山川上 还有一层山

整个 Napier 小镇有一半以上的部分是地震后崛起形成的 因为Art Deco 的稳定性 地震后这里出现了很多这样的建筑

坐着古董车在司机的介绍下我们逛小镇

这个车真的太老了 连安全带都没有 上坡的时候 我真怕车熄火 但是开车的老司机似乎驾轻就熟 轻松驾驭

在山顶能看到港口这里向世界各地输出木材 食品 酒水

我去过新西兰差不多五六次了 每一次都不虚此行 纯净的环境 淳朴的人 天然的美食美酒

而且我很喜欢当地没有蛇 这一点 在草丛里走也不担心 相对而言 澳洲就有很多种动物 可以轻易地杀死你

[2018年11月21号]

那谁是Taylor Swift 的粉丝 我想安排去TS的演唱会 给那谁惊喜 但最近两个人都很忙 凑不出时间 最后临时去东京 飞机降落的时候 演唱会已经开始了 打车往演唱会现场狂奔 那谁特别开心 我后悔没有买更贵的票 / 住了 虹夕诺雅·东京 干干净净 体面周到 早起去顶层泡了个温泉 后来我问 服务我的女生 为什么那个温泉咸咸的 她说 因为是从地下岩石缝里钻上来的 古代海水…… 听着挺神奇的 觉得难以置信 / 去附近的公园走了走 看了看鲤鱼 现在已经回到上海自己床上了 晚安

[2018年11月23号]

今年圣诞来得早了一点 我们家挂了灯 / 最近我表现不好 和你有点争吵 今天早早回家做饭表现 做了牛排和炒蘑菇还有烤土豆 / 吃饭的时候 你放小时候的音乐 说初中的时候没什么朋友 觉得自己是个怪人 记得整天不出门 一边听着这个音乐一边看《哈利·波特》 / 我说我记得小学时候 在我姥爷家过暑假 每次午睡起来我姥爷都不见了 我脖子后面都是汗 能听到 鸡 咯咯嗒地叫 牛 哞哞地叫 知了 呜啊啊 地 歇斯底里地叫 我躺在那里觉得那就是世界 然后你就哭了 我问你哭什么

你说我也不知道

[2018年11月26号]

我接触过的香水挺多的 但真正用的 这么多年下来 也就那么两三款 有的时候 收到香水作为礼物 喷了玩玩就转手送人了 我觉得选香水有点像 谈恋爱 尽管彼此包装得都很好 但大部分时候遇到的人都是错的 等遇到真的适合的 会在一起创造出很多美好的回忆

我用的第一款香水 是我曾经喜欢的人用的香水 爱马仕的大地 柑橘类的混合味道 包裹着木香 清新潇洒 但又沉稳包容 后来那个人不再爱了 但 这个扁平瓶身里装着的 橘色液体 这么多年来一直带给我 安全感 让我觉得放松 如果是旅行 谈合作 或者是约会 我都会用它 尽管是我最爱的香水 但我还是会觉得 在我身上 没有当年在那个人身上 来得好闻

直到 前几年 去柏林旅行 在小店里 发现一个法国的小众牌子 手敲出来的铸铁包装 显得很笨拙 味道 却让我“过目不忘” 因为我不喜欢 有很多香水 觉得麻烦 所以即使当时心动了 也没买 后来一路回到住处 还是喜欢 第二天收拾行李 再次

闻衣服上的味道 拖着行李箱 回去店里 把那款香水买下来 从那以后 那款香水成了我的最爱 我也说不清 它里面的成分 名字叫 红色麝香 不清楚 麝香应该是什么味道 后来尝试的麝香类香水也不是那个感觉 这款香水的味道很难形容 不是花香果香皮革味道 它好像是 一个在乡下长大的男生 身形健硕 不善言辞 光着脚在田里种红薯 手掌热热的 后来长大去了都市 事业有成 谈吐得体 但骨子里还是那个乡下男生 没有什么野心 同时又对这个世界充满好奇 这样的男人身上 所有的味道

这瓶香水 放在家门口 只要想起来 进出都会喷一下

我喜欢的香水 都是偏红色质地的 因为温暖

[2018年11月27号]

今天又要去发货 折纸盒……打车往返去仓库就要两小时……希望能快点找到临时工 / 今天记得 带了护手霜

[2018年11月27号]

在看《小王子》最后一次校对 / 准备开始印了

[2018年11月27号]

那谁住服务公寓 打扫的阿姨和门卫都很好 我最近又要搬家了 昨天回家 门卫正好在那里 我问他多高 他说是一米七五 我说 我要搬家了 有些衣服给你 可能有点大 他说太好了谢谢 上楼的时候 那谁问你要给他衣服吗 我说是啊 有些很少穿的 不拿来拿去了 那谁说 要是在芬兰 基本不会有人这样做 你们都不认识 你忽然这样 双方都 会觉得很困惑 / 我说 我没觉得奇怪 再说不是天天见到他吗

[2018年11月27号]

快搬家了 最近要做很多决定 意见有分歧的时候 我一般都听那谁的 权力越大 责任越大 / 但总说不算 我也不爽 今早趁那谁还睡着 我一只手摸那谁脑袋 另一只手摸那谁屁股 运了下气

[2018年12月2号]

终于搬进新家 东西刚放好开始下雨了 / 本来以为十二月才搬的话 徐家汇公园很多叶子都会掉光 没想到遇到暖冬 颜色还挺有层次 / 记不清第几次搬家了 房子还是有点冷清 要

开始把饭做起来 只要好好做饭 好好睡觉 运动 什么都会好

[2018年12月4号]

经常看到读者的信的时候 都有点想哭 面对真挚情感的流露 常常会手足无措 / 签售 我们见到的时候 也不一定要拿着手机一直拍照 短暂的时间里 我希望知道你最近在做什么 听到你说 我过得很好……

[2018年12月4号]

前几年和公司同事一起去 意大利那波利工作 在一个阴天的下午 我们一起去参观了 国家考古博物馆 过去这么久 对博物馆里的石雕 记忆犹新

后来去了纽约的大都会博物馆 最喜欢的艺术品 依旧是石雕

我一直想 会不会 艺术家接触到那块巨大石料的那一刻 就已经感受到它里面孕育的生命 她们纤细 栩栩如生 而艺术家需要做的 就是小心翼翼地去掉每一块多余的石料

那之后 石像便不再是“石”像 她们都像是百转千回的人 被瞬间定格在那里 健硕的骨骼有了力量 轮廓分明的肌肉

有了温度 侧脸在脖颈上留下阴影

有的眼神里 似乎看尽了悲惨世界 有的发丝上 似乎被一整个春天装扮

P.S.家里有两个卫生间 / 我在佛罗伦萨的时候 没有看到大卫 但是买到了大卫的明信片 / 买了身体中段 的前面 和后面 装在相框里 放到洗手间 觉得很应景 / 考虑到 保持卫生间两性平等 又添加了 维纳斯的明信片…… 来我家做客的朋友上厕所的时候 可以注意下 我觉得特别好玩 可以去主卧 客卧厕所参观 / 上厕所的时候 有事可做 真的很美好

[2018年12月5号]

其实世界挺大的

[2018年12月6号 羡慕会跳舞的人]

外卖太难吃 一般都是叫一份吃几口 还是要少叫外卖 这样浪费不好 / 看表弟过生日 有饺子吃 我在家里群里说羡慕 我爸妈第二天就包了酸菜猪肉饺子寄给我 还有酱菜 / 现在特别满足 谢谢 爸爸妈妈的爱 / 为中国快递系统鼓掌

我把饺子分成了五份 自己吃了两份 剩下的 给住在我新家的 蛋扭 果味 还留了给那谁 / 那谁回家就说饿 于是我开始热饺子和粥 那谁开始摆盘 （那谁吃什么都要摆盘）问我要蘸什么酱 我说我喜欢白醋 有些人喜欢酱油 或者 陈醋 想蘸什么蘸什么 / 结果那谁 放了碟白醋 一碟酱油 还放了碟拌色拉的柚子酱汁 / 我觉得这是对我爸妈千里迢迢寄来的饺子的亵渎 说这个不行 / 那谁后来蘸了一圈 把柚子酱汁一边推一边说 这个不行 不搭 还说太好吃了 比鼎泰丰好吃 我心想 还算识货

[2018年12月13号]

搬家第一天 电脑没带 临时有个东西要交 在家用纸和笔写 之前买的JFK的万宝龙的笔 因为觉得自己字难看 不配用（笑）打算送我妈 她是写字老师 现在去了农村 周末也给农村小朋友上写字课 她可以用这支笔给小朋友写字帖 / 但今天用了下 果然用好笔 连我的汉字都变得美了些 打消了把笔送她的念头

因为要倒时差 一早起来去对面公园散步 灵机一动 新的一年我想突破自己 尝试新的锻炼方式 想和公园里的大爷 学着打太极 / 之前一直想学 但都刻板地觉得那是老人的运动

现在一想 运动其实也应该因地制宜

[2018年12月14号 终于来到电视上才见过的非洲]

最缤纷的花园 游乐过 / 象群从眼前经过时 我第一反应是 我们生活中在乎的很多事情 真的很无所谓 / 一行旅行的七个人里 好像就我没带相机 其他朋友平均每人都带了两个 旅行时候拿相机很麻烦 特沉 又怕摔坏 要注意内存 ……你们都好厉害 谢谢你们和我分享的照片

[2018年12月15号 岁月匆匆 你却缓缓]

我们坐绿色的豪华列车 从约翰内斯堡去开普敦

列车上每个人都有一个自己单独的房间 独立卫浴 还有一张很大的单人床 感觉是那种西方电影里会出现的列车 去餐车的时候 要穿得很正式 每天按时全车统一开饭 吃的喝的都包含在车票里

列车最后一节是敞开着的 像是坐在敞篷车里 到了晚上为了让客人们睡好 火车会停在路上 月亮又大又低 感觉很近

的地方 就有各种动物的叫声

有一次火车在很偏僻的小镇停靠 加水 我本来坐在车里看书的 一抬头 看到对面的站台上满是当地的黑人 他们中很多人就坐在地上 有的躺在那里 很多人都很瘦 眼神很空 他们可能好奇这火车 往里面看 我忽然觉得很不好意思 因为他们真的太穷了 火车里面对他们来说 是另外一个世界 我当时不知道要怎么反应 想把窗帘拉上 又觉得很不礼貌 于是跑进去了厕所 过了十分钟 火车开了以后才出来

后来我又反思自己这个举动 觉得当时也没有必要那么不好意思

这就是我们各自的生活而已 比我过得好的人 也有很多 比我过得差的 也很多 这些通常都是用物质衡量的 而一个人的一生 是否真的快乐和充实 和物质上是否丰富 并没有特别直接和牢靠的关系

想通了这一点 我就没了罪恶感 沿途再遇到当地人的时候 我就会冲着他们微笑 招手 往往 他们也会回以微笑 小朋友还会一边招手 一边跟着火车跑

觉得豪华列车最奢侈的地方是 可以让时间慢下来 我在

晃晃悠悠的列车上 想了很多事

[2018年12月18号]

友情比圣诞还要好 / 出来玩得太开心 忘了和那谁 认识两年的纪念日 / 查了下聊天记录 我们认识的那天 竟然是双十二

[2018年12月19号]

我在南非旅行的时候 右眼麦粒肿（又） / 《小王子》签售的时候 可能戴眼罩 大家别见怪

[2018年12月24号 我们在上海 见面了 谢谢你来]

去年冬天 忽然我就想穿 好看的大棒粗线的白色毛衣 也不需要外套 里面怎么穿无所谓 秋衣 保暖内衣 卫衣 甚至别的毛衣也好 任性地在 哥本哈根 伦敦 和上海买了几件不一样的

心满意足地过了一个冬天

《小王子》里说 人类在地球上生活的部分只占地球的一点点地方 如果让地球上的居民都 紧紧地挨着 像聚会那样站在一起 那么一个三十多平方公里的地方 就能容纳下所有人了 太平洋上随便一个小岛就能容纳地球上所有的人类

这个世界真的很大

现在想想 想买一件 白色粗线毛衣的想法 也许是在苏格兰 天空岛的时候产生的

那时候我和朋友租了辆车 因为天气转凉 岛上的游客很少 开了很久都看不到什么人 我们把车停在 悬崖峭壁旁的草地上 走路去看破旧的灯塔 有大批的羊群在石头堆砌的围栏里埋头吃草 偶尔抬头看看我们

这时候下起雨来 羊群也无所谓地继续吃草 长长的毛 像是能防水 能保暖一样 我们在世界尽头的小岛上 前面是悬崖峭壁 和黑色岩石 海水反复拍打上来 因为太远 也听不到声音

此时此刻 感受到自己的卑微与渺小 又有种 莫名其妙的如释重负的感觉

想要的不多 一件白色粗线套头毛衣就够 温暖得像拥抱

一样

[2018年12月29号]

你好成都 初雪时晴 我们又见面了 / 在去重庆的路上

[2018年12月30号]

重庆签售结束 在机场等飞机 看到一篇 书评 感觉可以开心地过新年了

2018年的最后一飞 / 这一年一共飞了六十二次 三百二十六个小时 坐在机舱里 有一种回家了的感觉

[2019年1月1号 新年快乐]

和自己说 不要和别人说 新年快乐 了

每一年都这么说 感觉没有新意 以快乐为目标 过新的一年可能本身就有问题

圣诞前这些日子 我都在说 have a good holiday（假日愉快）感觉比较容易实现

[2019年1月5号 妈妈也是第一次当 妈妈]

这次签售 终于开始看卤猫推荐的《请回答1988》/ 看完第一集 陷进去 太好看了 一集一个半小时 觉得很幸福 / 来郑州了 当地人口音 听着 觉得性格都很好

[2019年1月6号]

合肥的朋友们 我到上海了 谢谢你们来 辛苦了 / 回家就想吃个 酸菜炒肉和粉丝 西红柿鸡蛋 再泡个澡 / 过年回大连的机票订好了 大家的票都订了吗 / 年前还有两个城市 厦门和福州见

[2019年1月7号]

一年了 桃片 看了十遍 听了一千遍 还没打算走出来 还是很喜欢 / 因为我们Later的手机壳 不打算换新苹果 / 教练要去 台湾两个月 走之前她送给我一根跳绳 好像在说好自为之…… / 今天就买了三箱葡萄酒 …… 我在上海喝很多的德国葡萄酒 感觉比澳洲的酒 性价比还高 夏天喝德国的雷司令真的很爽

[2019年1月8号]

那谁给新家 买了小米扫地机 今天在家设置 / 去年 我最爱的电影是 桃片CMBYN（《请以你的名字呼唤我》 那谁不感冒 更喜欢*Love，Simon*（《爱你，西蒙》） / 那谁问 机器人要起名字 要叫Oliver吗 我说当然不要 我怎么忍心看着Oliver 趴在那里扫地 那谁开心地说 好那就叫Simon咯 / 然后我就去做饭了 那谁像猫一样蹲在窗台上看 Simon在扫地 看了快二十分钟了……

[2019年1月10号]

我叫滴滴礼橙专车的时候遇到的Jack 当时我赶着去看电影 要来不及了 他开得很好 聊天也有趣 / 礼橙里能遇到奥迪挺少见的 我就加了他微信 现在去浦东 虹桥接送都是他来 大半夜从机场出来 就能看到他 还是很暖的 / 我送了本 《小王子》给他 他说 他有个农场卖鸡蛋 昨天送了我两盒鸡蛋

[2019年1月11号]

最近在看 挪威Skam 特别喜欢剧里的Isak 买了和他一样的围巾 / 那天在家里看 那谁也跟着看 结果能听懂一半 可能因

为那谁会瑞典语 除了芬兰语 北欧语系有点互通 / 因为那谁能听懂一半Isak说话 …… 又多了点喜欢

芬兰语很难学 但因为看剧 我的挪威语学得倒挺快 经常和芬兰语弄混淆

比如那谁问我个什么问题 我想说不 与其说 Ei 我开始说 Nej 现在想想这样做很不好

比如我要是教那谁说中文 结果说不的时候 那谁不说 不 而说 iie (日语) 我应该超级不爽

[2019年1月12号]

分享 五月天 的歌曲《好好》（想把你写成一首歌）/ 周末去了 厦门 福州 年前的签售就结束了 八个城市 每一次微笑的面庞 紧握过的双手 交换了的感谢 都觉得 好好 ……想要回到每个场景 拨慢每只表

[2019年1月13号]

飞机延误 一连看了很多at 我的微博 以及留言 鼻子就又酸了 / 最近采访 经常被问 为什么要翻译 《小王子》 这时候

我会变成大人的样子 讲一些有的没的 / 其实也没啥原因 就是喜欢 想把它写出来 和写《陪》 写绘本一样 也没什么原因 就是想写 / 谢谢每一位帮助这本书 出版以及陪我签售 的同事和朋友 谢谢每一个城市的书店工作人员的接待照料 谢谢每一位遇到的读者 真的好 好好 好好好 好好好好 好好好好好

半夜到家 / 之前你都会留灯给我 今天一进门 桌上点着蜡烛 可能是想 有光亮的同时 也有温暖吧 / 晚安

[2019年1月14号]

我觉得 要是每个人都看一遍 《请回答1988》 世界会更好一些 / 我看到现在 最喜欢的点是 其他剧里已经 开始嫉妒的时候 《1988》 还在关怀着 其他剧里 已经分手了 《1988》 还在爱着 其他剧里 已经反目成仇了 《1988》 还在相濡以沫着 其他剧里 好人变成坏人了 《1988》 的凶神恶煞 却变成温柔甜心 …… 这就是 我理想中的漫长岁月

[2019年1月18号]

我妈我爸 每年过年都给我红包 一人一个红包袋 从小一

直给到现在 我没给爸妈包过红包 偶尔汇钱 也都是 网上转账 / 今年我们做了红包 今天去银行取了新钱 包进去 一人一个 红包都要撑破了 / 平时给他们钱 都说 不要 不要的 但今天看到红包 两个人都特别开心 我妈问我爸 你是不是哭了 我爸说没 我也没敢看 / 我跟他们说 从今年起你们不要给我红包了 轮到我了 我妈说 那不行 你的年年都要给 去年过年你没回家 在巴黎 那个红包 爸爸妈妈还给你留着呢 上个月 临时需要钱 家里也没现金 我本来想去那个红包里 拿出来一点先用一下 后来也忍住了 去村里取的 / 压岁钱是爸爸妈妈对你的祝福 一点都不能少

[2019年1月23号 我怀念的]

之前在伦敦 Sloane Square 学插花的时候 花店对面就有一个 Jo Malone London的香水店 当时只是觉得干干净净的 没有想很多 然后有一次 上插花课的时候 一个女生忽然叫起来 原来设计师本人在店里 被她看到了 她和老师说了下 飞奔去街对面 和她拍照 要签名 后来这个同学和我说祖·玛珑是她最喜欢的香水之一 见到设计师本人 特别兴奋 我是那个时候才知道这个牌子的

半年后 插花课毕业了 离开Sloane Square的时候 我特意去对面香水店买了我的第一瓶祖·玛珑香水作为纪念 那个香水的名字就叫 flower shop 感觉很贴合自己和伦敦的缘分 那个香水的味道 真的有点我们插花课教室的香气淡淡的混合的花香 不停地变换 明明鲜花都藏在教室后面的 吃了午饭回来凭着香味 也能大概猜出 下午作品的种类和色泽

做插花的时候 通常都会有一个主花 比如芍药 玫瑰 大丽花 兰花这些 他们是插花作品里面的明星 通常用一些 安静的枝蔓自然的花枝作为陪衬 我们上课的时候经常用到遮挡花茎的植物一般是 常春藤 因为 茉莉比较贵

茉莉和 金盏花 都是小小的花草 很不起眼 却能让主花 显得自然 蓬勃 变得生动起来

其实用香水也要适合自己的性格 有些女生 性格豪爽 气场很强 用一些插花时主花做的香水 完全可以驾驭 显得相得益彰 其他人用类似这样的香水 会被它盖过 显得更加腼腆 不自信

我很喜欢柑橘类的香味 觉得清新的同时 又温暖 这次设

计我们阳台小花园的时候 就想做一个 柑橘类植物的大杂烩 买了柚子 橘子 甜橙 柠檬 金橘和佛手柑 觉得家里黑白色 冷冷清清的 需要一些颜色增添活力

我自己最常用的香水 就是柑橘类的

通常来说 柑橘类香水 更适合夏天 不过也有一些组合是适合冬天的 我在LA旅行的时候就买过一瓶 冬天的时候用 忍不住要拉开衣领低下头去闻一闻 它的味道不浓烈 是燃烧过后的余温 一切都刚刚好

留香很长 本来以为没有了 一下子又来了

喷在胸口 感觉被拥抱过 即使冬夜里 一个人走路回家 也少了些落寞

[2019年1月24号]

买了袋 不好吃的米…… 又不舍得扔掉…… 天天吃不好吃的米饭 ……

[2019年1月30号]

最近喜欢上乘火车旅行 目前最想尝试的线路是从 温哥

华搭乘VIA国铁 沿途穿越螺旋隧道 路过梦幻的玛琳湖和诸多冰河地貌 / 可以在贾斯珀短暂停留 这座小镇在十九世纪初期因皮毛交易一度繁荣 /也可以 在冬日 搭乘被称为“雪国列车”的北方专列 从温伯尼开到丘吉尔 去北极圈实现对北极熊和极光的一切幻想…… 领略不一样的风景 感觉可以写一个很不一样的故事

[2019年1月31号]

最近我早睡晚起 那谁早上起来都静悄悄的 洗澡喝个咖啡离开 /我们卧室门是拉门 打开的时候有声音 / 昨天早上我才发现 那谁为了不把我吵醒 早上会从更衣室的窗户爬去客卧洗澡

那谁平时洗护很简单 没有洗面奶也不涂什么东西 我有很认真教 洗面奶 爽肤水 面霜这些基本的步骤 不知道那谁有没有听进去

[2019年2月1号]

早起光着身 在家里走 发现那谁早上收拾了家 还给我准备了早餐…… 要变成田螺姑娘了

[2019年2月3号]

泡完澡去机场 / 因为要过年了 这几天激动得睡不着

[2019年2月5号]

给大家 拜年了

发烧终于好了 松了口气 / 发烧时候唯一值得开心的事情就是用La Mer 一揉就化开了 而且感觉吸收特别好

[2019年2月10号 感觉韩国人一片片的 都穿相同的衣服]

Dosan Park Coffee / 来到首尔 脑子里一直重复 《请回答1988》 主题曲 / 看到饭店里的阿姨 也觉得啊 德善妈妈

[2019年2月11号]

从首尔回家 我的位置在四座中间 刚坐下 右边来了个韩国女生 可乐放在座位上 抱着大衣 转身就要坐下 我赶快帮她把可乐拿起来 / 这时左边来了个韩国男生 挺高 坐下来我旁边就把腿伸开了 伸到我这边 我坐得比较规矩 他很自然地就伸过来 / 于是我也把腿伸开 和他的腿顶在一起 想说这是韩

国长腿和中国长腿的较量 / 僵持了一会儿 他把腿收回去了 过了一会儿又放回来 我不好意思再伸回去 怕他觉得我是变态 / 我右边女生 那罐可乐 感觉有好几次都要洒出来

[2019年2月14号 回墨尔本]

感觉 夏天已经过去了 朋友还是穿很少 / 我已经开始穿毛衣了 和上海差不多 / 晚上冷得睡不着 要换厚被子才行

[2019年2月17号]

喜忧参半 最好 两不相欠也好

[2019年2月20号]

在小托家吃饭 他做了晚餐 这么多年过去了 我们都很好 / 今晚的云很美 想和你分享 / 拍得不好 你要用力想

[2019年2月23号]

经常分不清中午十二点是 12pm 还是12am / 后来想了个

办法 写12noon / 今天去看《哈利·波特》 早早地就起来了

[2019年2月27号 做测试 我37%格兰芬多 28%拉文克劳 20%斯莱特林]

《哈利·波特》讲的是一个十一岁 住在楼梯底下的男孩 进入魔法学校 杀死恶魔的故事 但它真正讲的是爱 和友谊 / 在墨尔本上演的《哈利·波特与被诅咒的孩子》舞台剧 又唤起了 我学生时代 那十几年看书 看电影的记忆 / 那个高中时候 我经常躲进去 的魔法世界 现在来到了 我的城市 而且 一下子会演好几年 本来以为在最后一部书以后 就关闭的魔法大门又打开了 我爱墨尔本

[2019年3月5号]

来墨尔本这个月 我们发照片或者视频的时候 我发现你经常穿着我的衬衣 我喜欢看你穿我的衣服 尽管一看就不合身 但是有种 被人爱着的潇洒自信

[2019年3月11号]

那谁来澳洲了 / 我在墨尔本皇家公园旁边 买了个一室的

小公寓 因为绿卡的关系 明年要搬回来住 那谁读伦敦AA时候的同学Kate 帮我设计 我们一起在植物园走了走 / 今天到了悉尼 那谁订的酒店很有趣 出门前洗了个澡 那谁打开我洗漱包 拿出La Mer 我心想 终于知道涂脸了 结果你挖出一坨擦了手 / 我说那是擦脸的你知道吗 你说不知道 你要教我 / 我没好气地说 先读说明 你看了下说 说明上只说是润肤露……

[2019年3月13号 大片整齐的松树林]

没有去过葡萄牙 但总隐隐觉得 以后会住在那里

[2019年3月14号]

我问Echo是不是我认识你之前 就开始写《亲爱的不二》了 应该是2006年初 出国以后 / 认识了你后 把不二的形象具象的

她说 是啊

我又问我们什么时候认识的 她说2007年夏天

果然让人难忘的事情都在夏天发生

亲爱的不二 这五个简单的字 成了我写作之路的起点

不二是怎么出现的呢 这个问题我之前没有仔细想过 有

几次采访 我说可能因为当时出国的时候觉得寂寞 于是想象出一个可以倾诉的对象 和朋友 现在想来也不全是这样 如果真的是这样 寂寞这件事也太容易打发了

想到这里觉得 生命里出现了不二 真的是机缘巧合 自然而然 你就来了

这么多年过去了 我多多少少变了一些 但再看看你 却没怎么变化

懦弱又勇敢 害羞又坦荡 雷厉风行地做事 慢慢吞吞地说话 善良 天真 充满好奇心 相信未来是明亮的

在我心中 你一直是那个安静柔软的 捧着一颗红心 寻找爱的兔子男孩

亲爱的不二
从我见到你的那一刻 我就知道 我永远不会失去你
这想法让我安心

漫长岁月里 有你陪伴 觉得幸福
谢谢你啊 亲爱的不二

[2019年3月17号]

那谁去加班 我在家里煮了花生猪手汤 后来把猪手捞出来 配了个酱汁卤一下 / 猪手汤又加了松茸 和梨 煮了下 等下做泡面用 / 回澳洲朋友问我在上海做什么 我想了想说 家庭主妇……

[2019年3月19号]

晚上吃太多 又喝太多 有点难受 不是不舒服的难受 是吃饱了撑得难受 / 没刷牙洗脸就上床了 因为不想沾冷水 / 最开心的就是能搂着那谁睡觉 / 晚安

[2019年3月27号]

最近长个了 不知道是不是练瑜伽练的 脱离了183 club

[2019年3月28号]

北京及周边的朋友们 你们会觉得皮肤痒吗 我每次来 皮肤都又干又痒 要涂很多润肤露 / 今天来 又痒了 开始涂油了…… 可能经常来就适应了吗

[2019年3月29号]

我想用 开心的泪水煮一碗东北大米 拿出一粒 粘住你的嘴

[2019年4月2号]

农村温泉旁边开了游泳馆 飞回来大连住几天 / 早上吃饭爸妈说 最近看了个剧 都挺好 说他们的澳洲绿卡要是还没办别办理了 不想给我添麻烦……

这次回农村 我妈告诉我她有了偶像 / 我问谁 她说 黄豆豆 说他的书网上都炒到五百多一本了 她买了本 / 说 喜欢他的人 也喜欢他的精神 / 然后阴差阳错地 这个迷妹还拿到了黄豆豆老师的签名 特别开心

[2019年4月3号]

回老家 把签售的时候收到的信 还有签名的横幅 整理了一遍 见到很多名字 也收到很多温柔 / 想继续写字 见字如面当面致谢

[2019年4月11号 we are all birds（我们都是特别的）]

写作最大的好处是 可以把生活品尝两遍 / 很开心通过文

字我们相遇了 谢谢大家的留言 和祝福 / 再接再厉

[2019年4月16号]

巴黎圣母院和铁塔 去巴黎那么多次 说不好为什么 从来没有进去过 只是在周边逛了逛 脚下站了站 / 在城市里游走徘徊 每次看到都很震撼又感到些许温柔 / 早上看了新闻 很难过

[2019年4月17号]

晚上那谁朋友们来家吃饭 那谁下班回来后主厨 我问白天需要我准备什么吗 那谁说 你别把家弄乱了 …… 我说你这个混蛋 / 因为学了一个月武术 觉得自己武功很厉害了 饭后和那谁说 你抓住我胳膊 我给你表演反擒拿 结果那谁力气太大 我怎么都 反转不过去 / 觉得丢人 于是两个人在卧室 打了起来 最后也没打过 ……我还要继续锻炼 再接再厉

[2019年4月25号]

签售时候 签书 打招呼握手我都不觉得累 最辛苦的是拍照 / 因为平时散漫久了 提起精神拍照就很累 / 有些时候 觉

得镜头里的自己很垮 有些人开了美颜还好点 / 但有些滤镜太猛了 直接变成了螳螂 我也很抗拒 又不好意思让对方关掉 只好趁着按快门那一瞬间 把脸转开

[2019年4月30号]

看完《企鹅公路》的电影和书 感叹青山和企鹅的相遇 不禁回想那年夏天 我认识不二的情形 好像是一下子认识了一百只可爱英俊的 企鹅 加在一起的快乐和惊艳

[2019年5月2号]

我美丽天使的心 再也不神秘

[2019年5月7号]

总想有一天 和你一起看看美丽海岸 从LA到SF 一路开上来 真的和想象当中的人一起看了想象当中的海 …… 也就还好

[2019年5月9号]

以后 不要对别人说 你胖了 / 就算别人问 也不说了 / 胖瘦美丑 都很无聊…… 美还是很好的 让人欢喜 可惜它带来的愉悦也不长久 / 有趣和善良 比较重要

[2019年5月11号]

昨天在机场把行李落在休息室 背着书包就上飞机了 身上什么都没有 要去三个城市 …… 等下要去买件衣服

看了下 华为手机的新的拍摄功能 再也不敢 仗着四周楼远 在家光着身子走来走去了

[2019年5月12号]

时差终于好了点 差不多六点左右醒 但现在才起床 看了一个剧 还有一些YouTube / 我睡前会放一首歌 循环 然后用倒计时九分钟 自动关闭 基本上都是歌没听完就睡着了 打雷姐的 *Love Song* 很好睡 / 箱子找到了 在机场 下周去拿 / 今天母亲节刚刚给我妈打电话 她说在教写字课 一会儿打给我 我妈退休以后 教写字 学古筝 炒股票 每天都很充实

[2019年5月13号]

昨晚去了之前的大学 第一年我在老校区读的 特意去了学生食堂的超市 买了瓶酸奶 / 看到考试楼的时候 想到大一时候 喜欢我班里一个同学 她迷迷糊糊的 又很聪明好看 有次考试 她忘记带准考证 考官不让她进 年轻气盛的我站起来说我们都可以帮她做证 如果不让她考 我也不考了 结果没用 老师也没留我…… 后来那一科补考的 / 夏天的时候表白了 她没回……

[2019年5月15号 我妈的微信头像 是企鹅]

前一阵子看了由森见登美彦的书改编的电影《企鹅公路》非常喜欢 后来又买了书来看 冬天的时候看完的 在家里的沙发上 被窝里 明明很冷了 但每次读这个故事 都感觉自己进入了一个明亮温暖的绿色天地里

电影里生活在小镇上的青山 是一个立志要成为优秀大人的少年 他努力地学习 吸取知识 锻炼身体 细心地规划记录 对未来充满渴望和信心 与此同时 一心迷恋着牙医诊所的大姐姐以及她的胸部

接着奇怪的事情发生了 小镇上莫名其妙地出现了 一群

群的企鹅 于是 青山和他的好朋友展开了调查

我不像青山是那么优秀的少年 但小时候 也喜欢过大院里好朋友的姐姐 去找他玩 多半也是为了能看到 姐姐 （但我对胸部没有 青山那样的迷恋）只是单纯地想看到她 觉得姐姐什么都能搞定 说话也好听 想早点成为她那样自由的大人

奇怪的事情也发生过两次 念念不忘 可惜因为都太突然很难展开调查

一件是差不多一年级的时候 在我们家住的大院的旧楼四号楼上 卧室对面是大院的内部的幼儿园 窗户正对着 幼儿园里种着的一棵高大茂盛的柳树 柳树一直长到窗口的样子 星期二的下午放假 我一个人在家偷偷看电视 忽然听到窗户外面哗啦哗啦 叽叽喳喳的声响 我们家窗台很高 很宽 我爬上去一看 那棵树上满是各种各样的鸟 红的黄的蓝的绿的 大的小的都不一样 叫声也不同 特别明亮又吵 但不让人心烦 在树的中间是一只很大的鸟 尾巴长长的 看着就气宇不凡 和其他鸟不一样 五颜六色的羽毛 所有的鸟都围着它 对着它叫 但是它不叫它们一直叫一直叫 不想停下来的样子 我忘记当时怎么想的了 可能是想看电视吧 那时候我们都玩 玩具手枪 装PP弹那种

我找来手枪朝树开了一枪 没有打到 但所有的鸟都飞开了 后来我把这件事和我爸妈说 他们都没有因为我看到了这个奇观而表现出惊讶 反倒批评我 不应该用玩具枪打鸟 我自己感觉我是看到凤凰了 这么多年以后 想到这件事 我还是很羞愧 也后悔我当时的举动 明明应该好好感受它们的美 …… 或者 跪着向它们许个愿 现在只能在心里默默感谢它们的出现 还有希望凤凰不要和我一般见识

第二件事是我们家在大院搬家的时候发生的 那时候冬天 我们家要从四号楼 搬去新楼 新楼正在盖 在我们大院最深的那一片 翻过墙就是铁路 再那边有山 有一次我爸带我去新家看房子 那时候大楼还是个空壳 盖了一半 我爸还在里面看 我就下楼了 这时候在工地围起来的栅栏边 看到一只狐狸 地上有雪 那只狐狸也是雪白的 所以看不太清 我站在那里 仔细地打量 真的是一只狐狸 体积挺大的 像中型犬那么大 气质比狗好 它站在那里也看着我 我当时心里有一丝恐惧 却不知道哪里来的勇气走向它 没有想伤害它的意思 只想看看清楚 狐狸犹豫了一下 跑开了 我在后面追 它从大院的墙洞里钻了出去 城市里有狐狸 本身就很奇怪了 看到的又是一只大的 白色的狐狸 我觉得很奇妙

这两件事我都很少和别人说起 看《企鹅公路》以后才想起来的

长大了以后就比较难看到这些奇怪的东西 不论是 企鹅凤凰还是 白色的狐狸

想到这里觉得很庆幸 二十几岁的时候 还能遇到不二 开始一段奇妙的旅行

[2019年5月17号]

前几天有时差 睡不好 早起不洗脸就自拍记录一下 有些读者留言说 别发了 看不下去 我当时想 不是真爱…… 结果今天早上起来 我又要发自拍 那谁问我在做什么 我说我最近早起就立刻发自拍 记录一下 那谁 拿过手机看了下前几天的照片 他说 你再别拍了 太丑了 …… 我豁然开朗 原来那些留言是真爱的

[2019年5月21号]

适合春天的衣服还没怎么穿 夏天就来了

[2019年6月1号]

我们电影 男主角 刘畅今晚住我家 一起吃了晚饭 看了电影 开心

[2019年6月7号]

巨鹿路上 我最喜欢的花店的老板 原来是好朋友的好朋友 我们一起约着吃饭 怀念我们共同的好友 他去世已经三年多了 / 昨天 穿一套衣服 去了两个活动 回到家都累得不行 立刻煮了泡面吃了两个蛋才回血 / 不知道那些又要换衣服 又要拍照的人是怎么做到的 时尚圈的人真的是 又美又努力 / 喜欢这一季 Prada的靴子和短裤

[2019年6月10号]

我自己不太会修照片 和我熟的朋友 合照以后会主动和我说 把图发给我

修一下再发

有的时候一群人合照 一张照片出来每个人都要修一遍

更夸张的是 一张合照 朋友要发出来之前 每个人都问了一下 我当时才明白原来这已经是一个新的社交礼仪

所以如果不是很熟悉 我现在都很少和朋友合照 就算拍了也不发出来

就算是自己的照片 因为不会修图 经常照了以后就放到手机里 很羡慕会拍照也会修图的人

在拍照这件事上 可以说是越来越不自信了

前一阵子去了美国 回来的时候时差挺严重的 睡不着的时候 胡思乱想 如果发一个早上一醒来也没洗脸的照片到网上 前置摄像头 没有滤镜 不挑角度 拍了就直接上传会怎样 天会塌下来吗

于是就真的拍了 发去了微博 一下子很多留言

看看觉得挺好笑 也觉得大部分读者也都很善良 都那么丑了还在留言下面说

好看

自然且真实 希望天天发

褒贬不一 也有很多人受不了

有人说 黑眼圈都发黑了 好好休息

有人说 苹果前置自拍……是真正的勇士

有人说 清秀的劳改犯既视感

有人说 太真实了 受不了 不要这样

有人说 我男神 一下子没了

有人说 沧桑了

……

这些我都不太在意 因为我觉得 大部分人自拍都这熊样

同时 老了也很自然 很多人认识我都是十年前的事情了 一颗苹果切开 十分钟就氧化了 我能这样已经很好了

唯独一个留言 刺激到我 留言说 安东尼 油腻了……

当时想在下面回复说 因为我起来就自拍 还没洗脸呢 不是油腻是油

后来 想想算了 所有网上的辩解都没必要 也很无力 还是从自己找原因吧

[2019年6月14号]

昨天晚上想做薯条和热狗 放弃了 认真想了想 教练去进修两个月 我不配吃热狗 / 今天周五 五点多 我就做好 喝的准备了 / 教练临走前教了我一套可以自己锻炼的动作 里面有深蹲和前蹲…… 练完大腿疼

[2019年6月21号]

打拳手受伤 基本使不上力气 今天涂脸的时候 手一滑 摔碎一瓶精华 / 晚上自己在家 吃四个蛋一碗泡面 忽然很想喝

香槟 用一只手 和两条腿 愣是打开了

[2019年6月23号]

看《乐队的夏天》爱上张亚东 一直爱他的音乐 看了节目 好喜欢这个人

[2019年7月1号]

每次想喝喜茶 要点的时候都很茫然 不清楚哪个是奶茶 波波应该是有豆的吧 但芝芝不才是奶盖吗 但芝芝上又写的是水果茶 我又不想要水果茶 / 点得最多的是 芋泥波波 然后觉得自己没有喝过真正的喜茶 / 可能都是幻想吧……

[2019年7月24号 怪不得疫情不能飞 我也觉得没啥]

八月 伦敦 柏林 巴黎 爱丁堡 冰岛 赫尔辛基……

[2019年7月30号]

因为八月要去欧洲一个月 那谁说要在一起过一个不一样

的周末 说我们每个人要出两个主意 / 天气这么热 我只想在家里待着 但通情达理的我仍然是“欣然”接受 / 我的建议是去Puli住一晚做个按摩吃个晚餐 看个电影 或者去北京 瑰丽住一晚 吃个烤鸭 看个升旗 故宫四合院逛一逛 / 那谁的建议是去莫干山爬山 或者迪士尼 / 我们每人有权利去掉对方一个选项 我第一时间去掉了爬山 那谁去掉了去北京 / 于是我们在Puli度过了一个非常愉快的周末 …… 今天 我怀着忐忑的心在三十七摄氏度的酷暑里 向迪士尼前进……那谁 还是很激动的 在车上研究路线 怎么使用尊享卡和FP 一边还和我说 你快看看 换门票具体的地方在哪 谈恋爱让人瘦

[2019年8月2号]

飞伦敦 想拍个维珍商务舱的Vlog 相机拿出来又放回包里……觉得不好意思 / 维珍商务舱 可以安排哈雷机车 在伦敦接机的 一直到酒店门口 行李车送 尝试预订了下 可能机票折扣太高 等级不够…… 假期开始

[2019年8月12号]

前几年来伦敦找对象 没成功 却认识很多朋友 学到很多

东西 / 尽管 那谁说 看了我ins上插花作品的照片 才真正心动的时候 我心想见本人不够心动吗 但真的要感谢在英国的这段经历 丰富了自己 / 有机会想再来伦敦住半年

[2019年8月13号]

我上次去德国 是从奥地利和朋友开车去的 这次从伦敦飞 柏林的机场很奇怪 一出门就拿行李 然后出关 我之前没见过这样的 于是下了飞机 明明看到有传送带也没多想 径直去了关口 等出去了才发现 行李是在下飞机的地方拿的 我觉得这种做法也很德国 效率高 与其运来运去 不如飞机直接接传送带拿行李了

苦了我 人在外面 然后行李在里面打转又不能拿 问了一圈让我去失物招领的地方拿 失物招领的办公室 在出了机场靠近停车场的一个小房间 里面已经有很多人了 不知道是不是都是忘记拿行李的 解释以后 拿到一个号码 等了一个半小时还是没有消息 这时简安给我发消息 她说你到哪里了 我在晚餐的地方等你 我说我还在机场 行李落在机场里面了 她笑说另外一个朋友也干过这事 她说你要一直催机场的人 不然要等很久 我说 我不好意思 她说你在那里等我 我来机场找你 然后

我们一起去餐厅 我说太麻烦了 要么我们俩明天见好了 我直接去住的地方 她说 没事 柏林机场离市中心很近的 差不多半小时她来的时候 我刚拿到行李

晚上我们一起在她朋友的餐馆吃的饭 第二天 我们逛了一天 吃的饭店都很喜欢 不论亚洲菜还是西餐 都很好吃 我们逛了很多店 在August strasse上一家卖羊绒制品的店里 我买了件蓝色的工作服 那个衬里特别好看 店员说这个是女士的 你要是喜欢可以穿的 我试了下正好 好像只是系扣子的方向 是反的 又看到了长三角形的围巾 因为简安热情招待 我有很感激她来机场接我 我选了一条 让简安也选一条送她 她说喜欢但她自己买 我说 不用 我买来送给你 以后你用的时候就能想起来今天

晚上 我在Mr Porter 工作的朋友Roro 也来到了柏林 我们之前没有约定 只是自然而然柏林遇到了 我介绍简安和Roro认识 他俩一拍即合 在一起有说有笑 各种耍宝 我们三个酒足饭饱以后 又走了好远的路 从Kreuzberg一直走到 Mitte我觉得我从早上九点走到半夜

回到酒店以后 简安给我发消息说 我们今天走了快三万步

周日我们去 Mauer Park逛周末散摊 小小的广场围绕着圆形看台 我们在看台上坐下 看大家表演 有唱歌的 有演魔术的 整个公园脏脏的 也不是很规矩 草地也坑坑洼洼的 但气氛特别好 很酷 也不做作 这就是我想象中的柏林

下午我们坐火车去柏林郊区的湖边玩 在Schlachtensee那站下车 没走多远就看到了湖 已经进入秋天 但我们去的那天阳光很好 也不觉得冷 买了瓶酒我们就上了船 我把船划去湖中间 简安说 你们快下去游泳啊 Roro说 我不太会游泳 这个湖不知道深不深 可是下一分钟 他已经跳了进去 游了几下开心极了 我也把衣服脱了跳下去 水很干净 也不冷

不知道是不是因为桃片看多了 我觉得夏天就是要骑自行车 谈恋爱 和在湖里游泳

后来我们回城 在Soho house 吃了晚饭 第二天 我和简安去了她平时去的健身教室做了瑜伽 晚上 我们三个在简安家吃的饭 简安做的 Roro 买的酒 我买了花

大家吃得很尽兴 简安经常给人有钱人家小姐的感觉 但做起饭来也一点不含糊 特别好吃 尤其我这次旅行这么久 能吃到家里做菜的味道 很开心 感觉满足到 胃口里 难以言喻的部分 三个人 聊旅行 聊喜欢的明星 生活和感情 想到第二天

我们就要分开了 就有点舍不得

[2019年8月16号]

可能在柏林和朋友玩得太开心了 今早去机场的路上 坐在Uber里 有点消沉 感觉像产后抑郁症

[2019年8月23号 后来戴了]

晚上出门 想戴一只花

坐火车去 爱丁堡参加艺术节 / 眼前的风景都匆匆过去 只有远处的风景是安静的 好像现在的事 和以前的事 / 列车上的饭 很好吃

这次在爱丁堡住的酒店 打开窗户能看到古老的小街 地点很棒 就在火车站对面 看完戏回来休息 很方便 / 晚上去了苏格兰麦芽威士忌协会的一个party 吃了我吃过最棒的 haggis 还吹了风笛 风笛很难驾驭

[2019年8月24号]

墨尔本作为澳大利亚的艺术之都 一年下来有大大小小各种各样的艺术节 质量都非常高 然而我去过最棒的艺术节 却是在爱丁堡

爱丁堡艺术节 在八月举行 一个月的时间里 同时有国际艺术节（Edinburgh International Festival）、国际艺穗节 / 边缘艺术节（Edinburgh International Fringe Festival）、军乐队分列式（Military Tattoo）、爵士艺术节（International Jazz Festival）、国际电影节（Film International Festival）、书展（Book Festival）……同时进行

爱丁堡艺术节 我2016年来过一次

这个城市本身就有种魔力 每次抵达爱丁堡 从火车站出来以后都有一种 平行时空穿越的感觉 到了八月里 大大小小的 艺术节 感觉很像《哈利·波特》里 描写的嘉年华

第一天的活动是 军乐节表演 天色慢慢暗下来 街道上满是人 热闹但有秩序 尽管才八月而已 但晚上已经有点冷了 我戴上在柏林买的围巾

军乐表演由世界各地军乐团参加 表演时间为一个多小时

还有烟火表演 看到 中国军乐团觉得非常亲切 观众席上坐满了人 听说这个票都要提前一年订 才能订到 每次一个国家的团队出来表演的时候 都有大大的国旗 投射到城堡上 来自世界各地的观众都会大声欢呼 我怀疑J.K罗琳 写魁地奇世界杯赛的时候 有参考到这样的情景

站在那里一个多小时也不觉得累 每一个表演都很独特振奋人心 让我不由得天真地想 每个国家的军队 如果不是为了战争 而是像这样 为了庆祝 勇气 团结 力量和希望就好了

表演的高潮是 苏格兰皇家军队归营的部分 风笛声音格外悠扬 配着喇叭和大鼓的声音 感觉心脏都随之跳动 穿着格子长裙的男生 不断地旋转 舞蹈 那一刻 感觉他是这个世界上最快乐的人

接下来 就是历时一个月 成百上千的艺术节的演出了 这时候你会发现最大的问题是 时间不够用 总有想看的剧 排不上 或者买不到票

我看过最喜欢的 几个表演有

Daniel Sloss的脱口秀 他说他希望严格的素食主义者被熊

吃掉 还说 他会定期清除屁股上的毛 大家笑 他反问 如果一勺巧克力酱 不小心掉到地上 你希望它是地板 还是地毯呢

法国团队的舞台剧 Fishbowl 讲述巴黎公寓几个邻居之间发生的故事 不论是剧本还是 舞台 都太聪明了

还有台湾舞蹈团 张兄弟的三个男生的舞蹈 表现形式很简单直接 却表达了一些深思熟虑的情绪

我觉得整个艺术节就是个 文化 艺术方面的狂欢

借这个机会 也能遇到天南地北做戏剧的朋友 伦敦莎士比亚公司的Shihui 有自己的酒吧 晚上有舞蹈和唱歌、击剑的表演 国内媒体的朋友 朋友的朋友 大家结伴赶场 去不同的表演 一起去酒吧喝酒 在半夜大口吃街边的热狗

每次去爱丁堡艺术节 都感觉像一场梦

[2019年8月26号]

偶尔也会想长成 小狼狗的样子 但小狼狗终究会变成老

狼狗的 但地主家儿子 就一直是地主家儿子 傻就傻吧

[2019年8月27号]

最近的照片 很多人说好看 说摄影水平见长 明明之前拍的那些更用心 用了半格 基本取景器都不怎么看 就按了 可能和我写作一样 不用力 自然而然 反倒更受喜欢 / 我朋友wenwen 去了 哈罗德做公关 请我去快闪店吃早餐 又去楼上做脸 打VC的点滴 我觉得太过了 选了冰冻的项目 冷风吹得我喘不上气 紧张得岔气 硬是忍过去了 想要美 也是不容易（早睡早起 多喝水容易 又做不到）/ 晚上临时 约Shihui吃饭 她说要去看戏 我喝多了 发消息给她 说 我今天冻了脸 现在特别紧致 你快来看一看 她笑 / 喜欢伦敦 和这里的朋友

[2019年9月17号]

杰伦的新歌 《说好不哭》 感觉更像是偶像写给粉丝的情书 适合在演唱会 倒数第二首大合唱 一起哭…… / 倒数第一首 应该是 欢快的 躁起来 毕竟相爱一场 不能把情绪搞得太低落 有那么多好的回忆 / 阿信 要是在演唱会唱 我一定会哭的 想一想就很爽

[2019年9月19号]

一直以来我常用的香水就两款 这么多年都没变过

虽然我用的香水不会经常换 但我对香水本身是很有兴趣的 喜欢闻不一样的味道 看不同的包装 听它们背后的故事 读各式各样的广告文案

以后想写一写比如 适合相拥而眠的香水 适合艳遇的香水 让人变得很可口的香水 情绪低落时候适合用的香水

八月我正在伦敦 路过祖·玛珑的店 橱窗里正在做这款香水的展示 大朵饱和度不高的粉色 橙色 紫色的皱纹纸 堆叠出轻盈的花田 满是夏日的感觉 同时也有秋天的饱满沉甸

走进去 这款香水已经在柜台最显眼的地方摆放了 我很好奇 虞美人和大麦这两个没有香气的原料 做出来会是什么味道 喷在试纸上闻了闻 又喷在手腕上闻了闻 感受到的是黑醋栗 和玫瑰香 那个气味不算是 多另类 和与众不同 但表现形式却很有趣 若有若无的 好像它的香气不在一处停留 单薄却又任性

在外面走了一圈 在Bond St上逛了逛 买了件外套 再闻手上的香气 变得沉稳许多 有一股麝香味和淡淡的奶香 我还是好奇 为什么这瓶香水叫 虞美人和大麦 于是回去店里 买了一瓶

poppy 是我很喜欢的花 但我不是很喜欢中文里给它的名字 虞美人 听着感觉浓妆艳抹的 不是我心中它的样子 而且我觉得它和美人也不沾边 尽管红得热烈 却一点也不张扬 娇弱又有性格的样子 不是平常意义上的“美人”

我喜欢poppy 可能是从上学的时候看电影《赎罪》开始的 电影里一美（James McAvoy）在虞美人花田里的样子 灿烂得几乎灼伤了我的眼睛 从那时候起 从虞美人花田 头也不回安静地走过 就成了我 想要感受的经历之一

在国内很少看到 但是在英国 法国 新西兰甚至北欧 却能经常看到 没有看过大片的 虞美人花田 每次看到都是在田野间 草丛中 星星点点 不经意却骄傲地生长着

它的花没有多复杂华丽却有股仙气 在风中摇曳着 让人看久了也不觉得厌倦 纤细娇柔的样子 即使伸出手也不忍心触摸 从来不忍心采下一把 觉得它们就是应该属于田间风里 偶尔采下一支 都是轻轻地握在手里 加快脚步 穿过闹市 巴不得

早点回家 把它放到水中 一刻都不想怠慢

到现在用 虞美人和大麦 一周多了 我对它的印象变得更深刻了

我觉得虞美人本身是一种没有什么味道的花 但是它很有画面感 于是这款香水 用玫瑰花香和深色浆果 勾勒出了花的形态和浓烈的色泽 我说不出那种忽近忽远的感受是从哪里得到的 反正这个香水的味道给我的感受不是固体或者液体 而是粉状的 从这一点也体现了 虞美人娇柔的质感吧 一切都淡淡的 似有似无 所以我觉得这个香水不光适合女士 长得好看的性格安静的男生也可以试试

特别是喷上去一阵子以后花香渐渐退去 会出现一种踏实更沉稳的可以捕捉的金黄色田野的味道 夹杂着一种白色的奶香 那种味道很像是我小时候 农村姥爷家 晒麦子的厂房的味道 单独拿一粒麦子说不出它有什么味道 但如果捧一把晒干的麦子 把鼻子藏进掌心 或者置身于晒五谷的厂房里 一下子就能感受出麦子的味道 它是绿色拥抱了阳光后 褪了颜色变成的味道 是大地能量具象化脱去水分 又保留了一丝温柔的味道

我能想象用这个香水的女生可能三十岁左右 可能看尽了

这世界百态 可性格还是好奇温润 独立而不凌厉 优秀的男友第一次带她回家见严厉的父母 男友自己已经紧张了 一边开车一边问她 你会不会有点紧张啊 她看了下他 笑了 把手搭在他的腿上 说不紧张 只是有点激动 谢谢你愿意带我见你爸妈 看着窗外 向后不断游走的 黄色麦田 她充满着对新的 美好的生活的期待

[2019年9月20号]

回家饿得不行 煮了意面 一边吃 一边想象自己是赫本……

因为工作 连续两天半夜回家 早上我又不起来 感觉好久没见到那谁了 / 今天回家 照样是人睡了 留了灯 / 我吃完面才发现 那谁把小狐狸摆到了桌子上 对着门口 好像是代表那谁在等我

[2019年9月24号]

我一直觉得羊驼 是某个幼儿园小朋友 异想天开画出来的 泰迪熊的脸 骆驼的脖子 绵羊的质感 鹿的腿…… 非常不真实 / 这次在英国做了一天饲养员 羊驼真的太可爱了 可爱到

我想让全世界的人 都忘记它的中文小名 如果我再回到湖区 一定会再去那个农场

[2019年9月26号]

我还在 想你

[2019年9月27号]

滚滚红尘里 有隐约的耳语 / 明天回墨尔本 激动不已

[2019年10月1号]

亲爱的祖国 七十岁 生日快乐

[2019年10月11号]

觉得疲惫的时候 都想放浴盐泡澡 或者跳入海里 / 海的味道 温度 力道和触感综合到一起 每次都可以舒缓神经 连通情感

[2019年10月13号]

昨天和朋友们出去玩了一天 中午看了CORNERSTONE by SUNYUN 的秀 很喜欢裤子 想要试试 而且也觉得可以尝试下长袜和短裤的搭配 / 晚上看了 Ami Paris的 我喜欢AMI 那个logo 感觉在说 爱 安东尼 所以我给那谁买了一件 / 我在秀场特别不自在 眼睛不知道要往哪里看 结束了也不知道怎么和别人互动 常常一个人尴尬地站在那里 还好有朋友在 但也会担心 我太尴尬了 影响到朋友尽兴…… 和第一次见面的人聊天 我经常聊着聊着就空在那里 做不出什么表情 也没有什么话题 然后在心里默默想 下次不要出来了

[2019年10月14号]

把厚被子 拿出来太早了 每天晚上睡觉都觉得又沉又热 / 我希望今年 上海的冬天是一个寒冬

[2019年10月15号]

今天起来 浑浑噩噩的 想到在人人看的短视频 帅哥早起时候的拉伸 在脑子里 变成了 早起拉伸变帅哥 …… 但一时想不起来 拉伸的动作 只记得帅哥头发很多 想着想着 又睡着

了…… 再起来以后 唯一的拉伸就是 伸手拿手机了

[2019年10月18号]

我就是希望你好 / 就像很多人希望我好一样 特别简单特别真挚 也不为了什么 就是希望你好

[2019年10月20号]

浦东沿江有一条 几十公里的自行车道 一路骑下来都非常美 昨天和那谁 还有Kei骑了快两个小时 看到了很美的落日和不一样的上海 后来 坐轮渡回家了 / 我觉得最近心情不好和天黑得早有关

[2019年10月27号]

看了四集 《现代爱情》 觉得挺一般的 可能因为大家都推荐 期待太高了 或者 心不够敏感了 / 就很难代入 觉得很塑料 / 最近看过最喜欢的剧是 please like me 1234 / 那谁 买回来三个南瓜 说要做南瓜灯 我觉得挺无聊的 但还是配合着做了 结果还挺有意思 第三个南瓜 做成派了

[2019年10月29号]

今晚看完了《现代爱情》 我觉得这个剧还是好看的 特别最后两集 / 下午去看了《少年的你》 易烊千玺演得太棒了 痛和快乐 都自然而又深刻

[2019年10月31号]

有的时候我会想 这是爱吗 这是我要的爱吗 我要的爱适合我吗 我配得上我要的爱吗……尽管有这么多不确定 我还是觉得 爱很好 / 比美酒美食 才华地位 美貌金钱都要好 曾经见过它几次 这么多年过去了 回味起来 还能消受 还想拥有

[2019年11月1号]

有种寂寞 用上好的音箱 放最爱的歌 也填不满

[2019年11月5号]

和那谁来北京玩 我包住宿 那谁包机票 还特意选了大兴机场回 说要去看看设计 / 那谁告诉我 说晚上八点多机票 结果两个人一早离开酒店就和朋友来爬山 天快黑了 准备去机场

我忽然发现机票是十八点……那谁弄错了 很不愉快 退票只退了两百多 / 临时买机票太贵 那谁说要坐绿皮车连夜回 我说不要 只好用点数换机票 换了今晚的两张商务舱 出票后 发现弄反了 订的 上海到北京…… 赶快按了取消 结果点数不返还（大家记住 点数换机票 千万不要取消 一年内都可以免费改签使用的） / 这时候时间已经很晚了 只好在北京住一晚 又换了两张明天的机票 / 那谁可能心里有愧 请我住了很好的酒店…… 说“很抱歉 你之前错过飞机 我严厉责怪你 结果今天我弄错 你这么酷” 我说 “你记住就好” / 北京的秋天真美

[2019年11月7号]

看了《天气之子》 又热血和年少了下 回家就找出来 电影音乐听 / 一边听 一边洗衣服 我白衬衣都是自己洗 朋友说应该送去干洗 不过我觉得干洗很伤衣服 但又弄不懂 洗衣机怎么设置浸泡功能 所以都是自己泡半天 手搓一下 然后洗衣机快洗15分钟 晾干送干洗店熨 / 洗着洗着 想起来 两周后东京有个工作 看了靠谱的天气预报 app …… 下雨 开心 可以重温《天气之子》

[2019年11月8号]

如果觉得家里鲜花要经常换水有点麻烦 尝试下买枝条和果子 / 一直以为自己双十一没什么要买的 结果还是被这几天微博开屏吸引 加了几件去购物车 …… 还付了定金 现在冷静下来 不想买了 好像取消不了 ……

[2019年11月11号]

总觉得 到了二十五岁以后就不再是小孩了 今天问Echo要了 2012年 我们去新西兰时候的照片 三十五岁的我看来 仍然是小孩的样子 / 当时旅行中 都在想些什么呢 现在已经记不清了 但在地下漂流时候 导游的娓娓歌声 岩洞中漂浮的点点光亮 还有 漫步霍比特人小镇 时候的梦幻感受 和快乐心情 现在记忆犹新 / 新西兰的美 看多少次都不会够 每一次回去都变成 少年的我

[2019年11月13号]

有个稿子昨晚就应该写完的 但一直写不出来 整个人都不太好 但因为平时太闲散了 一个月出现一两次 这样的工作压力 我也是没有脸抱怨 …… 一晚上除了写这篇文章 把其他

该做不该做的事都做好了 后面实在太累了就睡了 ……结果一晚上做梦都是在写东西 还梦见几个很好的论点 / 今早五点就醒了 特意套上日式浴衣 来客厅写 现在思如泉涌 快写完了

[2019年11月14号]

我官邸的老板娘 把官邸的生意卖了以后 在政府做了一份工作 这几年上海开进博会她都会过来 上一周她就给我发消息说 “亲爱的 我又要来上海了 特别期待见到你 你澳洲的妈妈”

昨天我要请她来我上海的新家吃饭 我说你把酒店地址给我 我给你叫车去接你

我叫了豪华车给她 司机给我电话说在接人的路上 快到了

我和司机说 接的人 是我之前的老板娘 你把她带到我家到我这边时候 请开进小区 否则我怕她找不到

这时候 就听到我老板娘在电话里的声音 用特别夸张的声音说 “天哪 捷豹 多美的车 我中国的儿子 真的太惯我了”

电话这边我就笑了 觉得老板娘性格一点也没变

然后我赶快准备食材

晚上做了一个 蛤蜊的意大利面

一个烤小土豆 配培根和有机紫色甘蓝的温热色拉 开了一瓶 攒了大半年 没舍得喝的 山山送的 1998年的Lafite

点了蜡烛 买了鲜花 摆好碗筷 准备的时候 竟然有点紧张

好像又回到十二年前在官邸里厨房的样子

我们两个人喝了几瓶酒 聊了很多东西

我送了她一瓶SK-II 她说这个我知道 但是没用过 她说我儿啊 看到你过得这么好 我可真开心

我们约了在她走之前 再见一次

[2019年11月25号]

阳台上买了几棵树苗 结果土买少了 月黑风高的夜晚 偷偷拿着铲子 把这棵橡胶树种在我小区里 希望它不要冻死 茁壮成长

[2019年12月2号 简安和赛赛的新书 叫 《东海岸 西海岸》]

你好 简安

你发过来 赛赛的信 我看到了 我们活动刚结束一天 他就写了一封信 这执行力我很佩服

之前有在你们公众账号里 看到两个人这样书信往来 能坚持这么久 我觉得很厉害

上海今年的夏天特别长 现在已经十一月末了 白天的时候偶尔还是觉得热 不过也有觉得冷的 时候 周一冷了一下 我就把地暖打开了 去年地暖费用特别高 今年我打算只开厅里的地暖 而且也不开太高 十五摄氏度就够了 晚上睡觉开着房门

这么一想 城市里的人也真是很奇怪 又娇贵的动物 夏天要开空调 冬天要开地暖 热一点不行 冷一点也不行 偏要控制在二十度左右 我听说很夸张的 有人夏天家里开空调 同时又开着电褥子睡觉

今天一天阴雨 我躺在床上大半天 看了 新的Crown 和 Friends 现在起来给你们回信 昨天做了麻婆豆腐 还剩了点米饭 晚上准备做个炒饭吃 我特别喜欢吃剩菜做的炒饭 配 冷牛奶 完美

我也是听很多朋友说过赛赛 这次真的见到 比我想的还

要高 和魁梧 是北方男生的模样 脖子上挂了条围巾 温文尔雅的样子 我很羡慕能把围巾戴得好看的人 我自己戴围巾 总觉得 有哪里奇怪 他衣服也很得体 不夸张不招摇

后来我和这次邀请我们的品牌经理说 Maison Margiela的衣服都很好看 不过对我来说太酷了 我习惯穿中规中矩的衣服 品牌经理说 有一些确实很前卫 但也有基本款 而且有别于其他品牌 里面藏了很多细节 他说 你看赛赛那套西装 就很低调 如果不说 根本察觉不出来是 Maison Margiela 当时我心想参加什么品牌的邀请 就对应选什么样的衣服 这应该也是一种媒体人的素养吧

赛赛聊天的时候 不像是聊家常 他不做small talk 更像是“对谈” 但也没有什么目的性 和攻击性 就是 感觉很正式罢了 让我不由得 也会仔细思考 好好回答他的问题

你好吗简安 我看到你在巴黎了 羡慕你能和蛋扭还有果味在一个城市吃吃喝喝 小茫说 看你 一直在不同城市往返 觉得潇洒 我想这可能是 所谓的 别人眼中的样子

我记得夏天我们在柏林的时候 你有说 柏林夏天有很多事做 根本不需要谈恋爱 但到了冬天就会觉得无聊 让人失落

你们冬天的时候 要来看我

所以柏林冷了吗 你现在开心吗

我很好奇 我们去过的那个很大的湖 冬天会不会结冰 住在那附近豪宅里的人 是否也像芬兰人一样 到了冬天去冰上散步

你的那篇 《任时光匆匆流去 我只在乎你》的推送 我是在 上海的出租车上看完的 看了以后能体会到你的失落 但也有点羡慕你 我觉得二十几岁时候的恋爱是本能 过了这个年纪还可以爱得真切就是一个能力了 我认识这么多人 真的有这个能力的人不多 你有 看到你在那篇 这么真情流露的文章里 也毫不怕破坏气氛地发了广告 忽然笑出来 自由自在 也非常的你了

那天在小林武史的爵士酒吧 客户邀请的摄影师 让我去和产品 还有请来的Soil & Pimp Session 的音乐人拍照 我和摄影师说 就算了吧 因为我会觉得不自在 可能适合我做的 就是把这次活动的感受和对于这个产品的体验 用文字表达出来 我觉得有人去拍照 能在这样的场合拍出很厉害的照片 也很不容易 那是他们的贡献 大家各尽其职吧

至于在酒店前台就直接蹲下来 的举动 我也做不出来 但那样蹲着也不见得舒服 一般酒店大堂都有沙发 我应该会去那里点个喝的 坐一坐

希望你 在巴黎玩得开心

安东尼 上

[2019年12月3号]

昨天晚上梦见 上学时候喜欢的人

还是学生时代的样子 梦中我们肩并肩躺着 我心跳得厉害 想要触碰但又很抗拒 你也没有说什么 只是看着我笑 梦里我表情应该还是呆呆的 但眼睛里笑了 / 好几年没有想过的人忽然在梦里出现 醒来以后 我想告诉你 打开了你的微信 发现我们每次聊天都是每年一月时候的拜年 再看了下你的朋友圈已经不是我梦里的样子 我默默地关上了微信对话框 / 这个关于我们的梦 只有我知道

[2019年12月4号]

没在办公室上过班 于是快递名一直填的马总 来满足幻想 / 今天订了花 我开门 送花的男的问马总家吗 我一下笑了 说是 我给了他验证码 他说 好了 你把这花拿好给他……

[2019年12月7号]

我的爱人是 盖世英雄 我们在一起三年了

[2019年12月11号]

连续用了一个月的Flower Market

因为我自己很喜欢鲜花 也做一些和插花相关的工作 所以即使是男生 我也没有很排斥鲜花调的香水 特别是夏天 偶尔会用一些 鲜花调的香水和自己本身用的香水做叠加 但选择的时候我会非常小心 不会选择太粉质 或者少女的香水

喷这款香水在皮肤上 凑上去一闻 一切都是粉色的 脑海里出现 穿着粉色蓬裙的豌豆公主 跳入香床的画面

后来 使用久了 才发现 那个画面只是去鲜花市场路上 脑海里的想象 过了几秒钟那鲜花市场才真正抵达 拨开厚片的塑料门帘 这款香水所创造的情景才真实地显现

这款香水展现的不是各种各样的花香 而是把花的香气糅合在一起 变成了一种气氛 清冷的早上天才刚刚亮 鲜花整整齐齐地按照种类随意地摆放在塑料桶里 鲜花市场里工作的人抓着一把绿色植物 快速地修剪 犹如我在伦敦和巴黎学习插花时候 一早上去鲜花市场进鲜花时看到的景象 一切都是轻快的友好的 充满生命力

后来也尝试了其他各种 比如 “图书馆的悄悄话”“慵懒的周日早上”“爵士酒吧”最后的结论 连我自己也想不到

我觉得Maison Margiela的香水特别的平衡

得出这个结论我也很吃惊 毕竟 Maison Margiela一直给人的印象就是 剑走偏锋 特立独行 想说它的香水一定也是 很奇怪 极致

这个平衡不是平庸 而是在每一个人身上都能讲一个关于这个人自己的故事

我之前没有用过任何一个系列的香水 像它这样 只要拿出来 按一下 就是一个情景 一则故事 好像打开了《一千零一夜》画册一样奇妙

Maison Margiela的香水到底是怎么做到的呢 带着这个问题 我开始了 东京的Replica香水之旅

中午抵达位于东京港区虎门之丘的安达仕酒店 接待的工作人员说 我们的房间需要布置一下 让我们先在大堂或者去同事的房间休息一下 我在小茫房间待了一下就去游泳了 下午房间好了

我进去的时候小茫说一定要拍视频 我觉得拍视频很难 打开相机不知道要拍什么 房间窗子正对东京塔 特别地美 上面贴上了Maison Margiela的标志 我一直很好奇这些数字有什么意义 为什么要把“3”圈起来 房间里还准备了 香水礼盒 我当下就拿出来用了下

晚上去了Maison Margiela的店里 来自法国团队的人 给我们介绍了品牌的历史 还有Replica 香水系列的由来 原来从1994年开始 Maison Margiela开始从全球收集 与众不同又经典实用的古着或者二手衣服 经过自己重新定义做成 “复刻”系

列 这个系列的衣服里 都有Replica字样的商标

从2012年开始 这个概念被延续到Maison Margiela的香水里 他们和世界知名的香水大师 用不同的组合再现 某时某刻的一种气味或者情绪 自然而然地 这个系列的香水也贴上了Replica的布的商标 商标上对应地写着 香水的灵感 时间地点和简单的描述

聊天当中我问出了我的困惑 Maison Margiela这个商标上的数字是什么意思 为什么这些圈都在不同的数字上 工作人员解释说 这些数字是MM自己的语言体系 比如0代表艺术线/高定 3是香水 8是眼镜 10是男装 这么一想是的 我有条裤子 上面就是10

接下来就开始三款香水的体验

最先 是"慵懒的周日早上"的拍摄 品牌安排了房间的早餐和日式按摩 因为要拍摄 早餐不能吃 摄影师一时半会没来 我又饿了 就把盒子里面的东西都吃光了 只留了外面的

接着是按摩 我在身上和被子上喷了一些 Lazy Sunday Morning

日式按摩是点压式的 非常舒服 半睡半醒间 我在琢磨这

个香水的特点 我心里暗暗地想 慵懒的周日早上 这不就是我一直散发的味道吗 这种干干净净的香水我很中意 比如之前用过 开水味道的 床单味道的 非常简单 不过我还是很喜欢 因为干干净净

这款香水的不同之处是 它的干净 是有层次的 直接闻起来 好像进入了一个白色的空间 仔细闻 甜梨的清新带出胡椒的温暖 变成阳光的味道 洒满这个空间 尾调的味道 回到白色床单上来 干干净净 但感触 不是100%纯棉的绵密质感 是经常使用后变得柔软的麻布面料 不仅仅是床单 也是被子和 枕头因为里面有空气 这种触感和味道也在忽远忽近地变化 可以想象在床上伸懒腰 或者 明明醒了躲在里面 不想出来的样子

晚上去代代木（Yoyogi） 小林武史开的爵士酒吧体验Jazz Club香水 我们乘坐Maison Margiela特意设计的很闪烁梦幻的小巴士 在超级酷的 SOIL&PIMP Sessions 的伴奏下穿梭在东京街头 我自己很少听爵士 但也知道他们 椎名林檎很多张专辑都是和他们合作的 这一切都很不可思议 在心里默默感谢Maison Margiela团队的精心安排

到了Jazz Club 我就往身上喷了一些 Jazz Club香水 立刻进入状态 去吧台点了杯喝的 在赛赛的那桌坐下 后来西门大嫂和gogoboi也坐过来 大嫂问我点没点喝的 我说点了金汤力 她

说金汤力哪算喝的 我想也对 于是跟着她点了威士忌 我拍了几张照片 表演就开始了

来日本之前 我在YouTube上做功课 看视频测评 大家分享得最多的就是Jazz Club 和 By The Fireplace 因为都是很适合冬天的香水 也有很多人拿它们做比较

我自己觉得 Jazz Club 没有我想象当中那么野 里面有酒的味道 但又不是单纯的烈酒 那么刺激 而是加了冰和其他什么的特调 还是很有态度 但变得温润和放松 明明有雪茄的味道 但不像烟丝那么冲 而是一根没有点燃的雪茄 用鼻子顺着烟身闻了一下 满是暗涌但不想成为焦点

比起来 Jazz Club的自信 沉稳和不动声色 By The Fireplace 闻起来更像是好好先生 前者是发热 后者是真的暖 用了这个香水以后 整个人都像是变成了一个小火炉 上面又烤着栗子 香香甜甜的 天寒地冻的 你哪都不想去 就想在他身边

哦 对了Maison Margiela这边 巴黎团队的Matt 还给我讲了一个故事 说他好朋友和妻子是在阿尔卑斯滑雪时候认识的 两个人晚上在小酒店的厅里烤火 慢慢聊天开始熟悉起来 有了好

感 结果接下来三天 两个人都来火炉边见面 开始交往 后来结婚的时候 他们的伴手礼就是By The Fireplace 这个香水 香水标签上 地点和时间一栏 填了他们相遇的时间和那个雪山的名字 听起来 特别浪漫（定制标签的服务 在机场活动中 和城市popup store也有提供）

最后一天 我们去了银座以佐贺牛著称的餐厅Moonflower Sagaya 它是由Teamlab参与设计的将美食与投影艺术相结合的多感官 非常特别的午餐 我没有用香水 饭后收到品牌送的小篮花 因为晚上要坐飞机回上海 酒足饭饱的我 抱着这篮子花在银座的小路上走 尝试把它送给一个可爱的人 ……未果 主要还是太害羞了 而且我觉得日本人很怕麻烦别人 我也担心给他们带来麻烦

在回上海的飞机上 我又去闻手腕上 鲜花市场的香水 这时候已经变得很淡了 但是抓起胸前的毛衣和秋衣 把鼻子藏进去 还是能闻到白色鲜花的味道 夹杂着桃子皮和淡淡的绿色湿润的树皮的味道 觉得开心 能和可爱的团队 和我喜欢的香水合作 想说 这一篇会很好写 也在想 回去墨尔本以后 可以系统地学习一下关于香水的知识 因为我觉得写关于香水的文章特别有趣

就这样 我的Replica香水探索之旅结束了 但我对这个系列的香水的期待 才刚刚开始 不知道他们在未来又会创造出怎样的故事 做出怎样的味道

[2019年12月14号]

去苏州两天 临走把地暖关掉 忽然想到阿姨会来打扫 又回去把地暖打开了

[2019年12月24号]

“冬天时 我喜欢靠近温暖的事 比如地壳运动时火山温暖的熔岩 比如晾晒骤雨的渔船深夜时出海 比如爱和死亡 比如我流淌的小腹和你苍老的掌” 宿羽阳

[2019年12月25号]

为了写一篇推送 把几本书都翻出来了 / 记性不太好 心也大 傻子掰玉米一样 一边捡一边掉 / 还好 写了几本书 日子算是没白过 / 可能是我过去几年做的最有意义的事了吧 / 要2020年了 仔细想想 难以置信

[2019年12月25号]

今年送那谁的圣诞礼物是 Tiffany的戒指 我怕选错大小 前天两个人一起去店里买的 但想着那谁第一次在异国他乡过圣诞 回想我在墨尔本独自过年时候的感受 我又准备了第二个礼物 想说好歹圣诞这天 还是有个惊喜 昨天下午我匆忙地把Tiffany的袋子 和第二个礼物 放到了 干干净净的纸壳箱里 放到了圣诞树下 结果那谁回来以后 看到不高兴了 说你这礼物也不包一下 我说不是包了吗 那谁说 你这就是个盒子 那你干脆把东西拿出来好了 反正我也知道是什么 我心想把盒子打开 第二个礼物不就露馅了吗 我说我不 那谁说 那你把这个礼物拿走吧 不要放到树下…… 我简直要发火了 拿起来盒子说fuck 那谁问what 我说me …… / 那谁问 你东西什么时候能写完 我为了和你一起过节 特意请了假 早知道就去上班了 我说你去啊 下午回来 我就写完了 我们可以一起过节……那谁气不打一处来 说 我就说说而已 你竟然当真 / 那谁在小房间 包装礼物 包了有一个多小时了 偶尔传来 嘻嘻嘻的笑声…… 我有点担心 怕忽然变身 但又不能去看 我说你这么会包礼物 把我给你的那个盒子也包一下好了 那谁说 自己给自己包礼物是bad luck 我觉得是在骗我这个老外……我觉得过圣诞 比过年难 / 大家圣诞快乐

[2019年12月25号]

我出国之前不知道 Tiffany 这个品牌 2008年出了第一本书 出书之前 阴差阳错在网上认识了Echo 请她帮我的书画了插画 当时是按照约稿的形式结算的费用 结果第一本书不到一个月首印就卖光了 开心之余 我打算送Echo点什么 经常在墨尔本考林街上看到Tiffany的大楼 但从来没进去过 就这样在Tiffany买了第一件礼物 纯银的心形耳钉 从墨尔本寄去了南京

2010年回国 在朋友家吃饭 朋友的朋友是个有趣又神神道道的人他说要给我看手相 把手伸过去 摸了摸 又看了看说 你命特别好 一辈子不愁吃穿 身边一直有贵人帮助 真心想得到的东西 不用怎么努力就能得到 但也攒不下来什么钱 手指之间的缝太大了 他说你五行缺金 戴一枚戒指在中指 还可以聚财 好上加好 正好拿到了《橙》的版税 没多久 我就去Tiffany买了一个玫瑰金的 简简单单的指环

2013年 第一次和Tiffany合作 要写一首关于爱的诗 我写"我有颗红心 年轻的时候 每次谈恋爱 那颗红心就一直闪一直闪 后来也谈过几次恋爱 还是会一样担心踌躇 一样会开心快乐 只是那颗红心不再闪了 我觉得也不是我遇到的人没有之前的好 只是那颗红心没有那么简单再亮起来了 但我相信你会

用最简单的咒语将它再次点燃 像星光 像烟火 像满是大雾的宽街上的灯” 品牌回复说 很喜欢 但不是很Tiffany 后来没用 我写了另外一个版本

2014年初 因为和Tiffany的合作 我认识了小茫 那时候合作多了起来 和小茫接触的时候 觉得她又公正 又有效率 我问她是否愿意帮我处理商务上的事情 她答应了 就这样我们一直合作到现在 大事小事 只要有她在我就踏实 因为Tiffany 认识了她 觉得非常幸运

2015年春天 Tiffany邀请我去 纽约参观Blue Book 看到了高级珠宝在第五大道总店吃了早餐 坐了直升机看纽约地标 在大都会博物馆埃及神庙前吃了午饭 在巨大的保险箱里 看到匠人怎样一遍遍不厌其烦地打造一个完美的钻石 最后没有得出一个结论而是一个疑问 要有多好的爱 才能配得上Tiffany

同年年底 《陪安》电影上映的时候 Tiffany问我 安东尼你参加首映的时候有手表吗 我们给你配一块 出席活动的时候戴 戴了几天之后我喜欢上了那块表 加上电影首映的意义 我和Tiffany说 这块表我直接买下来好了 对方说 这块表很多人都已经戴过了 你可以去店里买个新的 我当时心想 以旧换新

Tiffany也没损失 就说 这块就行了 对我也有意义 过了几天 工作人员说好的 来店里付款就好 也拿一下盒子和保证书 现在工作经验多了一些 我才知道 做市场的 和销售完全是两个体系 虽然是同一块手表 但在公司里完全是两个不同的东西 再加上走账什么的 想必那时候也给他们添了很多麻烦吧

2016年年底 王菲在上海开《幻乐一场》演唱会 Tiffany是赞助商之一 送了我一张内场的票 我开心得不得了 立刻买了机票 从墨尔本飞回了上海 借着这个机会 和那谁更进一步认识 决定在一起了

2017年 为了谈恋爱 我回到上海 两个人搬到一起住 没多久 Tiffany送了块手表给我 一方面很开心之前的合作 另一方面 欢迎我搬来上海 那块表我送给了那谁 我说如果是我自己不会买这么贵重的东西送你的 这块表是Tiffany送你的 它代表了爱 到现在 我们两个人也都不戴什么首饰 但戴Tiffany的表

2018年跨年的时候 参加Tiffany 在香港广场的点灯活动 给来唱圣诞颂歌的小朋友讲故事 我选了《小王子》 都是国际学校的小孩 我读了英文 小朋友听得津津有味 那一次坚定了我翻译《小王子》的决心

这就是 我和Tiffany恋爱的故事 这么多年养成了习惯 路过世界各地的Tiffany 都会多看几眼 或者走进去看看 也说不上为什么 一走进去Tiffany的店里 心里就舒坦

在这里 也祝大家 圣诞快乐 新年快乐
也祝小茫生日快乐
2020年就要来了 仔细想想都觉得很难以置信 很有科技感
春天的时候出食谱
谢谢大家的陪伴

随着我的成熟

心上人正在越来越走近我 喜欢我

长久地和我在一起

昨天 你问我 过去一年里 你觉得最难过的事情和最开心的事情 分别是什么
我仔细想了下说 学会下国际象棋 还赢了我的老师 最难过的事情想不起来了
你说你总是这样 好像不快乐的事情都忘得很快 我说大家不都是这样吗
你停了下 想了想说 好像不是

我觉得 我是很典型 爱得多 恨得少的人

小茫经常说 我把她带坏 因为我平时出门总是背一个布口袋 这也影响了她
说她参加时尚派对 经常被人“取笑” 我说我们又不是明星 自由自在最重要
我喜欢布袋子 不金贵 方便洗 可以随手放地上 系椅子上

电影以后 和刘畅见过几次 他拍了一些电视 电影 做家具 做咖啡 摄影 骑摩托
每次见他都有 距离感 又觉得特别亲切

不知道是不是因为 我走路姿势 一跳一跳的不好看
我很喜欢划船 各种船都喜欢 橡皮艇 独木舟 撑杆的 划桨的 用胳膊的 用腿的
都能很快掌握 快速前行

意大利旅行最喜欢的就是 去了佛罗伦萨附近的小城镇
Jess 在做意面 修在和恋人打电话 Harry 在开心地拍照
我喜欢的人在我的身边 做他们喜欢的事 总是能给我很多能量
清风吹拂的傍晚 我们在古城的桥上拍照
没喝酒 却像醉了一样

最近一直在听 蓝心湄的《不怕付出》

“所爱的人 不留恋的表情 / 是最让人 心凉的一场雨……

爱你怎么会是个错误 / 从天真悲伤到清楚 /

感情不是够努力够付出 / 就一定留得住幸福”

这歌词 总让我想到我自己 和 爱过我的人

我们四个 经常旅行 是很好的搭配

Harry 可以开车 拍照 遇事有条不紊

旅行时候又会讲很多有趣的 我们完全没有涉猎过的事情

Jess 负责统筹 计划线路 非常清楚自己想要什么

又从来不给别人造成麻烦 每次都能全心全意地 投入

小茫 一般就在车上看手机 不停地工作 擤鼻涕 睡觉

但关键时候思路非常清晰 敢说敢做 旅行的时候有了她 我们都不怎么吃亏

我的话 思路清奇 做决定很快 从不纠结 开车 刷卡 做饭

我们是非常完美的旅行团队 我们一起去了很多地方 希望将来可以去更多

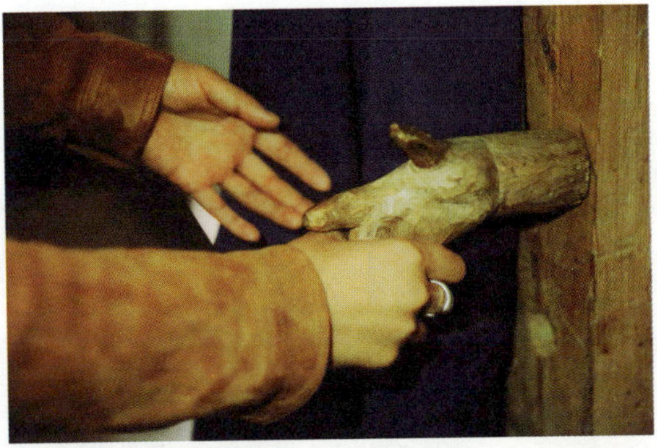

芬兰小岛上的木屋 来住过两次 仓库里的 立柱上 有一只木头雕刻的伸出来的手
每次离开的时候都和它握一握 感谢款待 和 在房子里美好的记忆
这个水珠形状的戒指后来就不戴了 除了手表 其他的东西我都戴不长久

小托在古董店买了一台绿色的打字机送给我 我在YouTube上
学习了怎么装墨条 怎么使用 用它打了几句英文诗
难以想象 之前的人 用这个机器写书 不知道怎么做到没有错字的

这是我们所有产品里 我最喜欢的之一 特别方便 卖得又快又好 后面为什么不做我忘记了 冬天的时候把大棉袄放进去也绰绰有余 我朋友说很像和尚化缘的

羊驼和驼羊是两种生物 驼羊的体积快有羊驼的两个大 羊驼的脸很可爱 有点像泰迪熊 性格也很温顺 胆小驼羊 长得不太可爱 更像骆驼 非常有主见 又倔强 据说如果不喜欢谁就会往他脸上吐吐沫

Kei 和 Roro 是我工作时候认识的好朋友 后来聚会的时候 Kei 偶尔会聊起来我们认识的过程 她来伦敦工作 我正好在伦敦学习 小茫介绍我们认识 我加了她电话后 直接邀请她来我家吃饭 她说当时觉得这个人怎么这么奇怪 刚联系上就叫去家里 其实那天我刚好买很多菜 做饭做多了 我们当天喝了很多酒 在东伦敦公寓的房顶 一直待到天黑 / 很期待能和 Roro 简安 一起再玩德国 不过很多时候 一个美好的旅行 是不能复制的

前一阵子 墨尔本 联邦广场上的电影院 有王家卫的电影连播
我一周内看了三部 我开始觉得他的电影都在讲一个故事 —— 爱而不得

这曾经是我交友软件上的照片 偶尔有人问你桌子上放的什么书 我都会说
我忘记了 那本书是用来摆拍的 其实 那本书叫 the book of St.John
是一家我很喜欢的餐厅出的食谱 可能因为我自己太不认真了
在那些软件上 也没遇到什么好的恋情

去伦敦学插花 开始的时候只是一个让我待在伦敦的借口

没想到 后来给我的生活带来这么多东西 现在竟然成了我工作之一

做饭 插花 我觉得都是和生活息息相关的事情

很开心 可以把它们做好

煮鸡蛋是我最喜欢的早餐 配粥 大酱 辣白菜 咸盐 剩菜 纳豆 海苔 都特别好吃

和朋友们一起聚餐 或者 出去玩 基本都是我来做饭 我一点都不觉得这是个麻烦 非常享受给大家做饭这件事 如果朋友又喜欢并擅长 洗碗收拾 那就太完美了

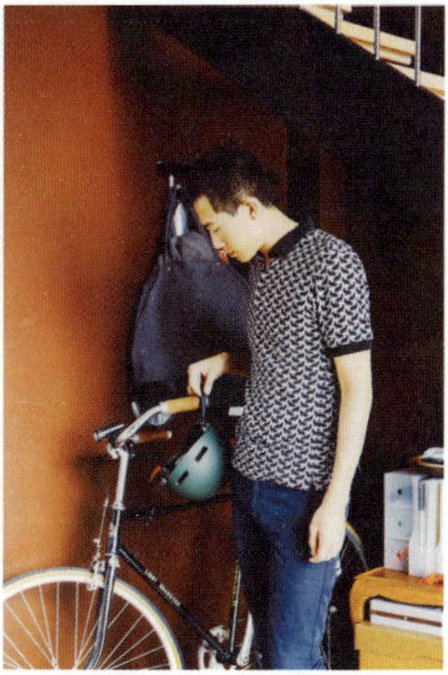

在伦敦没多久 就买了一把非常贵的伞 想说在雨都可以投资一把好伞 使用率会很高 结果用了一两次就丢了 不过也还好 其实伦敦没有经常下雨

澳大利亚这么粗犷的国家 其实对居民非常保护 墨尔本成为全球 疫情后封城最久的城市就能看出来 在墨尔本骑自行车一定要戴头盔 我很喜欢这个从上海带过来的 老永久自行车 但这个头盔我特别不喜欢 经常和朋友出去骑车 骑半个小时 我就会头疼 会把头盔摘下来 继续骑车 每次这时候 我朋友都很紧张 怕我被警察抓

因为新书是这个颜色 所以即使有意避免涉及品牌
还是用那篇文章结束了青 不知道大家会不会反感

下一个颜色里见

Take care and see you soon

图书在版编目（CIP）数据

青：陪安东尼度过漫长岁月. Ⅴ / 安东尼著. --
长沙：湖南文艺出版社, 2023.12（2025.1重印）
ISBN 978-7-5726-1371-5

Ⅰ. ①青… Ⅱ. ①安… Ⅲ. ①散文集－中国－当代
Ⅳ. ①I267

中国国家版本馆CIP数据核字(2023)第212799号

青：陪安东尼度过漫长岁月Ⅴ

QING PEI ANDONGNI DUGUO MANCHANG SUIYUE Ⅴ

作　　者：安东尼
出 版 人：陈新文
责任编辑：李　阔
出版统筹：邓　理
选题策划：付　婷
装帧设计：松树@CONS PROS
内文设计：胡小西
美术执行：杨　平　阿　娅
插画绘制：Echo
出版发行：湖南文艺出版社
（长沙市雨花区东二环一段508号　邮编：410014）
网　址：www.hnwy.net
印　刷：深圳市福圣印刷有限公司
经　销：新华书店
开　本：787mm × 1092mm 1/32
字　数：180千字
印　张：9.625
版　次：2023年12月第1版
印　次：2025年1月第5次印刷
书　号：ISBN 978-7-5726-1371-5
定　价：48.00元